Der Erzähler zieht in eine Wohnung schräg gegenüber der Casa di Goethe, fest entschlossen, noch einmal ein Entdecker zu sein. Die Stadt wird ihm zur Geliebten, ihre Geschichten spielen vor seinen Augen. Der Mord an Caesar am Largo Argentina ist ihm genauso lebendig wie das Gerangel der Sonnenbrillenverkäufer auf dem Corso. Er taucht ein in eine Welt voller Gegensätze: die Verlorenheit der jungen Italienerinnen und die schwindende Bedeutung der alten Intellektuellen. Antike und moderne Ideale, leuchtende Paläste, ausgelassene Partys und vergehende Kunst. Einheimische, Migranten, Gläubige, Touristen, Bettler. Zwischendrin Müll, viel Müll. Und immer wieder das Stechen in seiner Brust, das die Ärzte nicht ernst nehmen wollen.

Begeistert und melancholisch, leichtfüßig und ergreifend erzählt Simon Strauß, warum Gegenwart nicht ohne Vergangenheit auskommt.

SIMON STRAUSS, geboren 1988 in Berlin, studierte Altertumswissenschaften und Geschichte in Basel, Poitiers und Cambridge. Er ist Mitgründer der Gruppe *Arbeit an Europa*. 2017 promovierte er an der Humboldt-Universität zu Berlin mit einer althistorischen Arbeit über Konzeptionen römischer Gesellschaft. Er lebt in Frankfurt, ist Redakteur im Feuilleton der *Frankfurter Allgemeinen Zeitung*. Sein Erstlingswerk *Sieben Nächte* fand große Beachtung bei Kritik und Publikum.

SIMON STRAUSS

TROPEN

RÖMISCHE TAGE

Tropen
www.tropen.de
© 2019, 2021 by J. G. Cotta'sche Buchhandlung
Nachfolger GmbH, gegr. 1659, Stuttgart
Alle Rechte vorbehalten
Printed in Germany
Cover: Zero-Media.net, München
unter Verwendung eines Fotos von © (Sala Age) F1online
Gesetzt von Dörlemann Satz, Lemförde
Gedruckt und gebunden von CPI – Clausen & Bosse, Leck
ISBN 978-3-608-50490-3

Für Dich, Rom

I.

ANKUNFT IN ROM. Am ersten Juli. Zweihunderteinunddreißig Jahre und acht Monate nach Goethe. Im verspäteten Flieger spielte die Klimaanlage verrückt, über den Alpen zitterten alle und zogen sich die T-Shirts übereinander an. Zumindest eine Ahnung von Beschwerlichkeit also, nicht zu vergleichen mit dem, was der Weg hierher einst bedeutet haben muss. Wie viel gefroren und gelitten wurde auf den Pilgerreisen früher. Gestorben auch auf den engen Bergpässen ohne Kletterseil. Manche blieben schon nach wenigen Tagen erschöpft im Schnee sitzen und hielten ihre eisigen Zehen ins Feuer.

Romfahrer denken an Romfahrer. Sonst würden sie sich gar nicht erst aufmachen. Und dann? Dann setzen sie darauf, dass sich auch ihr Geist durch den Aufenthalt reinigt und neu bestimmt, dass er von Schönheit gestreift, wiederbelebt, zumindest durchgelüftet wird. Rom als Heilanstalt – der Traum hält sich. Geht durch die Jahrhunderte. Genauso wie das harsche Erwachen aus ihm: Warteschlangen am Taxistand, stinkendes Chlorwasser im Bernini-Brunnen, Einsamkeit bei Pizza und Plastikflasche.

Ich sitze in einem Restaurant über der Piazza Navona und mache das nach, was schon so viele vor mir gemacht haben: In Rom sein und hoffen, dass jemand es merkt. Sich vorstellen, dass der Aufenthalt wichtig wird. Vor mir liegt die Kuppel von Sant'Agnese, Möwen sind vom Meer herübergeflogen und sitzen über den schwitzenden Menschen auf den Dächern, schlagen mit den Flügeln und kühlen sich an der Luft, die durch die schlecht verklebte Dachpappe dringt.

Kein Tag im vergangenen Jahr, an dem ich alleine war. Immer in Begleitung, ständig außer Haus gewesen. Abends aus fremden Fenstern geschaut, morgens beim Frühstück die falschen Menschen getroffen. Ich bin geflohen nach Rom. Um die Gegenwart abzuschütteln, das Schnipsen im Ohr loszuwerden: Mach das, zeig her, geh hin. Ich kreise und kreise und flattere dabei. Es ist noch etwas anderes: Seit ein paar Wochen schmerzt mich das Herz. Es ist kein innerer, sondern ein äußerer Herzschmerz, wie der Kardiologe gesagt hat, rührt also von der Entzündung eines Muskels oder einer Sehne her, aber es sticht und fühlt sich echt an. Geredet habe ich darüber selten. Wenn man aufs Herz zu sprechen kommt, nur in die Richtung zeigt, schauen die Menschen gleich so betrübt. Nichts mehr zu machen, denken sie mit heimlicher Erleichterung darüber, dass es sie nicht selbst getroffen hat. Mein Rhythmus stimmt nicht mehr, durch das Stechen setzt das Herz manchmal aus, fängt dann wie aus dem Nichts wieder an zu schlagen und beschleunigt, als müsste es die versäumten Schläge nachholen.

Mit der Plastikflasche in der Hand stelle ich mich an die Brüstung. An meinen Tisch setzen sich gleich die Nächsten, schlagen die Karte auf, senken den Kopf und strecken die Zeigefinger. Vor mir die Piazza Navona. Hunderttausende drängen sich die Treppen hinauf zur Tribüne, schwitzen, gaffen, grölen. Gleich tritt Domitian aus seiner Loge, der einsame Kaiser, den sein Haarausfall so plagte, dass er ein Buch über die richtige Haarpflege schrieb. Das hier ist sein Stadion, er hat es bauen lassen, nach griechischem Vorbild. Sollen die anderen ihn doch verrückt nennen, hier findet er Ruhe. Wenn unten die Pferdewagen aufeinanderkrachen, schließt er die Augen und genießt seine Macht.

Jetzt sitzen da unten die Kellner müde in der Sonne und versuchen, Passanten durch ein Schnalzen in ihre Restaurants zu locken. Die meisten von ihnen sind schon abgebrüht, halten es für besonders geschickt, so wenig wie nötig zu arbeiten, ganz wie die römischen Müllmänner, über die in der Zeitung steht, dass sie nachts ihre eigenen Abfuhrwagen anzünden – je weniger Fahrzeuge, desto weniger Arbeit. Einer von den Kellnern ist noch nicht so weit. Er sucht noch ernsthaft nach neuen Gästen. Seit einer Weile beobachtet er eine junge Frau, die auf einer Bank vor dem Mohrenbrunnen sitzt und eine dünne Zigarette raucht. Ihr weißes Kleid flattert im Mittagswind, die Sonnenbrille ist auf dem Nasenbein weit hinuntergerutscht. Als sie sich die zweite Zigarette zwischen die Lippen schiebt, stürmt der junge Kellner auf sie zu, spricht sie scherzend an, wirbt, gestikuliert, ein bisschen zu wild vielleicht, wie aus einem

Lehrbuch des italienischen Umgangs, setzt sich zu ihr, berührt beim Erzählen wie aus Versehen ihr Knie, legt den Kopf schief. Sie will nicht aufstehen, scheint ihn zu mögen. Die Beine übereinandergeschlagen, lässt sie den rechten Fuß aus der Sandale gleiten, damit er ahnt, was er verpasst. Ein paarmal noch sieht es so aus, als würde er sie um ihre Nummer bitten, sie von einem Wiedersehen überzeugen können, dann steht er enttäuscht auf, stößt Schleim aus dem linken Nasenloch und setzt sich zurück zu den anderen.

Ich wohne in der Via del Corso. Ein Zimmer schräg gegenüber von der Casa di Goethe, Goethes Haus. Im Hochsommer fahren die Römer ans Meer und vermieten ihre Wohnungen, weil es zu heiß ist in der Stadt. Ein Bekannter hat mir einen Hinweis gegeben, also bin ich hier, für zwei Monate. Ich stehe am kleinen Fenster und stelle mir vor, wie Goethe sich drüben nach einem langen Tag die Füße gewaschen hat, wie er sein Bettzeug aufschüttelte und am Tisch ein paar Zeilen schrieb. Ich bin kein Kenner, die *Italienische Reise* habe ich erst vor ein paar Tagen zu lesen begonnen. Zu Freunden habe ich gesagt: »wieder zu lesen«, aber das stimmt nicht, ich lese das Buch zum ersten Mal.

Vielleicht kann mir das Zimmer hier helfen. Sein ruhiges Rauschen, das Knacken der Rohre, die Stimmen draußen, später am Tag. Wenn Gruppen kommen, hört man es immer sofort: Erst wird das Geraune lauter, dann plötzlich Stille und eine Stimme durchs Megafon. Leichte Erklärungen, Antworten auf Fragen, die keiner stellt. Wann, wo, aber nie: warum. Man könnte ihnen alles zeigen, alles sagen, aber ihre Hände blieben doch immer lässig in den Hosentaschen. Und trotzdem: Insgeheim träume ich noch immer von jener Busfahrt unter freiem Himmel durch die fremde Stadt, als Kind, ich wollte nie laufen. Der Fahrer erzählte Tierwitze, und um mich herum nahmen die Gäste die Kopfhörer ab. Aber ich hörte weiter, ließ mich fahren. Nie fühlte ich mich sicherer.

Jetzt, hier, am frühen Morgen, läuten die Glocken. Nach dem Aufstehen solle ich mich gleich an die Türklinke stellen, hat der Arzt gesagt, mit dem Gummiband Übungen machen, Zug um Zug den Herzmuskel dehnen. Er hat mir einen Zettel mit Piktogrammen mitgegeben, der mir Mut machen soll. Aber ich lasse ihn im Koffer und setze mich auf den Balkon. Die Palme vom Hof hat ihre Wedel zum Ausruhen auf die Brüstung gelegt, noch scheint niemand auf zu sein. Im ersten Stock ist ein Hotel, über mir wohnt ein gefragter Architekt, aus dem Hof strömt süßlicher Seifenduft. Eine Kosmetikkette ist ins Erdgeschoss gezogen und stört die Andacht. Dicke Seifenblasen stehen starr in der Luft und zerplatzen an der alten Mauer, brechen die Aura, behaupten, Vorzeichen zu sein.

Nichts scheint uns Modernen moderner als die Gleichzeitigkeit des Ungleichzeitigen. Das Zusammenspiel von Alt und Neu. Und doch treibt mich die Frage: In welche Zeit gehöre ich? Welche Zeiten leben in mir? Oft fühle ich mich wie ein Befallener, zerfressen von vergangenen Idealen, getrieben von unbefriedigtem

Ehrgeiz. Wer zu spät auf die Welt gekommen ist, wird seine Zeit nie finden, sagt man.

Über die Palmenblätter laufen die Ameisen auf das Fensterbrett und in die Küche. Bis zum Brotkorb haben sie eine Kette gebildet und reichen sich mit ihren Zangen vorsichtig die Krumen weiter. Wer etwas fallen lässt, wird von den Nachbarn sofort zur Königin eskortiert und muss auf dem Rücken liegend ein letztes Gebet sprechen.

Meine Sprachlehrerin heißt Francesca. Sie hat lockiges Haar und jeden Tag ein anderes Kleid an. Frühmorgens muss sie zwei Stunden mit dem verspäteten Regionalzug in die Stadt fahren, aber schlecht gelaunt ist sie nie. Wenn ich zum dritten Mal eine Präposition falsch betone, schlägt sie mir lachend mit dem zusammengerollten Übungsheft auf den Kopf. Sie ist so alt wie ich. Sie könnte meine Freundin sein. Sogar meine Frau. Wir könnten ein Kind bekommen. Ich ziehe zu ihr, in die Vorstadt, gehe mit dem Vater ins Fußballstadion, schiebe ihrem Neffen das Fahrrad hinterher. Abends sitzen wir in ihrem Zimmer auf dem Bett und werfen mit Kissen, während unten vor der schlafenden Großmutter der Fernseher läuft. Wir planen den Urlaub, duschen die Kinder, bauen ein Haus auf dem Berg und streiten über den Staub hinter der Waschmaschine. Die Tage vergehen, und die Zweifel kommen. Kleine Sprünge zur Seite erst und dann der große Bruch. Die meisten sprechen vom Leben, als wäre das alles so einfach. Als gäbe es keine anderen Möglichkeiten, als würden wir das Entscheidende schon sehen. So ist es nicht. So war es nie. So wird es immer bleiben.

Im Palazzo Altemps, auf dem Ludovisischen Thron, ist Aphrodites Geburt aus dem Meeresschaum dargestellt. Zarte Damenhände heben sie aus dem Wasser, Schleier wehen, Füße treten vorsichtig auf den Boden. Rechts hält eine Flötenspielerin Wache, schützt die Geburt. Ihren linken Fuß hat sie leicht nach außen gestellt wie zum Plié, so dass man ihre Zehen bewundern und – Rationalist, der man ist – auch nachzählen kann. Sechs kleine Zehen wölben sich aus dem hellen Stein und zeigen an, dass es hier um Höheres geht.

Den Innenhof des Palazzo bewacht Marco. Stolz zeigt er seinen Dienstausweis. Er hat schlechte Zähne, aber ein helles Leinenjackett und einen festen Händedruck. Jeden Tag steht er hier im Hof, je nach Sonnenstand und Schatten in einer anderen Ecke, und gibt acht darauf, dass die Besucher kein blitzendes Licht benutzen. Hinter ihm steht ein junger Athlet in Stein, seine schöne Hüfte will Marco nicht den falschen Blicken ausliefern. Die beiden haben eine Abmachung: Nur junge Frauen mit Leberfleck an der Wange dürfen ihn fotografieren, alle anderen müssen auf Abstand gehalten werden. Und so mustert Marco jeden, der seinen Innenhof betritt, mit großer Genauigkeit.

Als ich von der Sonne geblendet ins Freie trete, sehe ich auf der gegenüberliegenden Seite den Saum eines weißen Kleides im Ausgang verschwinden. Es könnte das vom Vortag sein, von der Schönen am Mohrenbrunnen. Ein Rest Zigarettenasche weht im Wind und legt sich behutsam vor meine linke Fußspitze. Ich will ihr nachlaufen, beuge den Rücken nach hinten und falte die Hände dabei. Dann zieht eine Wolke vor die Sonne, und ich spüre mein Herz zu schnell schlagen. Ich halte inne und messe den Puls. Marco beobachtet mich skeptisch, unter seinem Blick nehme ich Haltung an, verwandelt sich mein langsamer Gang über den Hof zum Auftritt auf einer Bühne. Weder drinnen noch draußen fühle ich mich in diesem Innenhof, der ja eigentlich nichts anderes ist als ein Durchgangsraum, eine Passage.

Mein Blick geht nach oben, will die Fassade fassen, sehen, wer womöglich gerade auf die Terrasse tritt, die Hände auf die Balustrade legt, den Kopf zur Sonne streckt und die *Fidelio*-Arie summt: »O welche Lust in freier Luft, den Atem leicht zu heben«. Die Augen streben nach oben, die Ohren zieht es herab. Hin zum Brunnenbecken. Von früh bis spät spielen Wasser und Luft da Fangen, sprudelt es aus unterirdischen Quellen. Es gibt für unseren kurzen Aufenthalt auf Erden eigentlich kein besseres Hintergrundgeräusch als dieses Plätschern, diese Ahnung von Meeresstille und glücklicher Fahrt.

Ich setze mich an den Brunnenrand und schaufle mir Wasser in die schwitzenden Achseln. Marco sitzt gegenüber im Schatten, dreht an einem knisternden Radio. Lächelt. Wir tauschen noch einmal Blicke. Wer ist er? Ein Mann ohne Absichten, mit einer Tochter, die im Ausland studiert? Oder ein ehemaliger Koch, den man aus seinem Restaurant geschmissen hat, weil er betrunken Zucker und Salz vertauschte? Vielleicht aber auch ein Bildhauer, ein Künstler, der die Nähe der Klassiker sucht, um abends dann in seinem Atelier Gegenmodelle zu entwerfen. Welche Bedeutung hat das eigene Tun schon für die Gegenwart? Viel wichtiger ist ja, wie man von der Zukunft erinnert wird. Und an Marco werde ich mich erinnern. Wie er im Schatten sitzt, mit seinem Leinenjackett. Das Radio zwischen den Beinen, mit schlechtem Empfang.

Am Abend bin ich mit einem deutschen General im Ruhestand verabredet, der seit den neunziger Jahren in Rom wohnt. Seine Wohnung geht direkt auf den Vatikan, und wenn man im Stehen pinkelt, kann man vom Toilettenfenster aus direkt auf den Petersdom sehen. Achtzig ist er geworden im letzten Jahr, und je älter er wird, desto genauer erinnert er sich an seine Kindheit. Das Restaurant, in das wir gehen, gehört einer braungebrannten ehemaligen Springreiterin, die Nero für den größten Römer aller Zeiten hält. »Alle Italiener sind im Grunde Faschisten«, sagt sie und schwärmt vom Duce, der mit den Problemen des Landes schnell fertig geworden wäre. Ein Mann mit einer Gitarre tritt an den Tisch, aber anstatt zu spielen, hält er mit geschlossenen Augen ein kleines Schild hoch: *Ich spiele nicht, um Sie nicht zu belästigen. Über eine kleine Entschädigung würde ich mich freuen.*

»Hau ab«, murmelt die Wirtin und zeigt ein Video von ihrem 12-Zylinder-Jeep. Als Hintergrundmusik hat sie den »Walkürenritt« ausgewählt, von »Bella Ciao«

will sie nichts wissen. Garibaldi und Konsorten seien Nichtskönner, die Neuen Rechten allesamt Schlappschwänze und Straßenschilder allein dafür da, um Löcher hineinzuschießen. Zum Abschied zieht sie mich noch kurz hinter den Tresen und zeigt mir einen Ledergürtel mit Hakenkreuz. »*Il permesso per l'inferno*« – »Mein Passierschein zur Hölle«, murmelt sie.

Ich zahle die Rechnung und suche das Weite. In den engen Gassen zischen die Motorroller vorbei, das Licht ihrer Scheinwerfer spiegelt sich in den Schaufenstern. Hunderte Geigen hängen da an der Wand und warten. Seltsam die Vorstellung, dass die Hände von heute noch immer dasselbe tun, was sie schon vor vierhundert Jahren taten – bauen und spielen. »Ich habe hier in Rom«, schreibt Goethe, »keinen ganz neuen Gedanken gehabt, nichts ganz fremd gefunden, aber die alten sind so bestimmt, so lebendig, so zusammenhängend geworden, dass sie für neu gelten können.«

Also los: das Alte neu denken. Wo, wenn nicht hier, könnte das gelingen? In dieser Stadt. In diesem Zimmer. Das Kissen ist weich, eine Decke braucht man nicht. Ich schaue ins Dunkel, vertage die Frage. Und messe lieber noch mal den Blutdruck. 130 zu 85. Kein Grund zur Sorge.

Die Italiener sagen als Erstes »Ich«, wenn sie etwas aufzählen. *Io e il mio amico. Io e la mia patria.* Das lässt sich als eine Metapher für die Gemütsverfassung des Landes verstehen: Ich komme zuerst, dann die anderen und irgendwann auch das große Ganze. Man gibt nichts auf

Rom, auf seine überbezahlten Politiker und seine korrupte Bürokratie. Zu viele Familienbetriebe sind schon pleitegegangen, weil die öffentliche Hand nicht zahlte. Man liebt das Land, aber hasst den Staat, so lautet die Faustformel in Italien.

Und Deutschland dagegen? Atmet durch zwei unterschiedliche Masken. Herzrhythmusstörungen auch hier. Ost und West sind nach wie vor wegweisende Kategorien, die Steuer schreibt die Geschichte. Vor der Nation zucken die Verwalter zusammen, reden lieber von Menschen als von Bürgern und halten bei Auschwitz den Atem nicht mehr an. Strategien machen die Ordnung, Beratung ersetzt das Gespräch, behauptete Eigenheit übertrumpft kritische Empfindung. War Deutschland am besten nicht immer das: Eine Pflanzschule für Bewusstsein und Fühlvertrauen, Kant *und* Novalis. Heute ist es ein Land, dem die ganze Welt begegnet. Dem so viel passiert, das aber nichts davon hält. Es fehlt die Verarbeitung, das Einmachen der Erfahrung. »Für schlechte Zeiten«, hat meine Oma immer gesagt, aber wir können uns gar nicht mehr vorstellen, dass sich je wieder etwas grundlegend ändert.

Technisch gewendet: die Deutsche Botschaft. Sie liegt – da Adenauer in den 1950er Jahren das Angebot einer repräsentativen Residenz an der Piazza Navona als Zeichen der schuldbewussten Demut abgelehnt hatte – in der Nähe des Bahnhofs Termini, schräg gegenüber von einem italienischen Verwaltungsgebäude, dessen Fassade noch faschistische Stahlhelme zieren. Innen herrscht Amtsatmosphäre: Topfpflanzen, gläserne

Trennwände mit Bullaugen, ein Versammlungsraum wie in der Chefetage einer Sparkassenfiliale. Hier, so erklärt die Kulturreferentin, trifft sich jeden Montag in der großen Morgenrunde die Botschafterin mit ihren Stellvertretern und den verschiedenen Leitern der Referate sowie Vertretern von Zoll und Bundespolizei, sogar zwei Militärs in Uniform gehören dazu. »Gewissermaßen eine Miniatur-Bundesregierung«, sagt sie schmunzelnd und streicht sich mit der linken Hand vorsichtig über ihr frisch gewaschenes Haar. Vor zehn Jahren hat sie ihren Bruder auf einer Rundreise in Bhutan bei einem Autounfall verloren. Seitdem hofft sie alle drei Jahre auf eine Versetzung nach Indien, um seinem aufgestiegenen Geist näher zu sein. Aber bisher hat man ihr den Wunsch nicht erfüllt, sie wurde immer dringend an anderer Stelle gebraucht. Sie hat gedient, dem Land, den verschiedenen Botschaftern und vielleicht am meisten dem eigenen Pflichtgefühl. Jetzt, endlich, darf sie nach Delhi, noch zwei Wochen Rom, dann kann sie anfangen, nach ihrem verstorbenen Bruder zu suchen. An jener Straßenkreuzung, wo inzwischen eine Ampel steht.

Draußen, zurück auf dem Trottoir, wackeln die Betonpfeiler, quillt der Müll aus den rostigen Tonnen. Katzenjunge verenden in der Mittagshitze, atmen schwer mit heraushängender Zunge. Aus den Kästen der Klimaanlagen tropft das Kondenswasser auf die Balkone, aber unten auf dem heißen Betonboden kommt nichts davon an, und so hören die Katzen nur das verlockende Geräusch der Tropfen über ihnen.

Ein paar Ecken weiter, am südlichen Ende der Piazza della Repubblica, in deren Mitte ein griechischer Meergott den von Abgasen verätzten Arm um einen Fisch legt, steht die Basilika Santa Maria degli Angeli e dei Martiri, die auf den Ruinen der Diokletiansthermen gebaut wurde. Die tragenden Säulen aus ägyptischem Granit stammen aus antiker Badezeit. Hier und da scheint noch der Abdruck einer Hand, die auf dem Weg zum Kühlbecken beseelt am schönen Säulenmassiv entlangstreifte, auf dem Stein zu schimmern, an anderer Stelle entdecke ich eine kleine Delle, wo vielleicht einmal der Kopf einer jungen Sklavin aus tiefer Verzweiflung über ein ihr angetanes Unrecht gegen die Säule schlug. Keine Kirche, eher eine Abflughalle ist das hier. Hoch in der Luft flattern zwei graue Tauben von einer Fassadenseite zur anderen – fünfzehn lange Sekunden brauchen sie für den Weg. Michelangelo, dessen letzte architektonische Arbeit die Sanierung der Basilika war, hielt sich bei seinem Plan an das alte Zauberwort des *non finito*, des Nichtvollendens. Weder eine Umarbeitung noch eine Rekonstruktion war sein Ziel, sondern ein Amalgam der Substanzen. So stehen heute Antike, Katholizismus, Nationalstaat und Naturwissenschaft auf engstem Raum beieinander wie in einem überfüllten Fahrstuhl. Während die eine konzentriert zu Boden starrt und ihre Formeln wiederholt, segnet der andere überlegen die weißhaarige Schöne mit den traurigen Augen, und daneben steht im Anzug der Liftboy und drückt verzweifelt auf die Knöpfe nach oben. Aber nichts mehr zu machen, der Fahrstuhl steht still.

Mitten durch die leere Halle verläuft ein fünfundvierzig Meter langer Meridian aus Bronze, auf dem die
mittäglichen Sonnenstrahlen, die durch ein Loch in
der Südwand in die Basilika dringen, die Jahreszeit anzeigen. Wie ein Riss geht er durch den sakralen Raum.
Stellt ihn in Frage. Eigentlich erstaunlich, dass sich darüber niemand beschwert.

Am Abend dann: Geburtstagsparty eines stadtbekann-
ten Messerwerfers. Inmitten eines alten Vespa-Fried-
hofs ist ein Kunstrasenfeld ausgerollt. An den Rändern
liegen rote Äpfel mit eingesteckten Kerzen. Jeder Gast
muss zur Begrüßung eine Frucht auf seinen Kopf legen
und sich mit geschlossenen Augen vor das Geburts-
tagskind stellen. Ich kenne die Nummer schon, habe sie
vor ein paar Tagen auf einer Piazza in Trastevere selbst
erlebt. Jeder, der seinem präzisen Messerwurf traue
und sich als Ziel zur Verfügung stelle, werde mit einem
100-Euro-Schein belohnt, brüllte der pausbäckige Stra-
ßenkünstler in die aufgeregte Menge. Ich zögerte kurz,
schloss die Augen und dachte an meine innere Pflicht
zur Entscheidung. Dann trat ich mit zitternden Knien
vor und ließ mir die Augen verbinden. Das Publikum
wurde ganz still, zehn Sekunden lang dauerte die Vor-
rede, und mein Hemd war schweißnass, dann nahm mir
der Messerwerfer den Apfel vom Kopf und reichte mir
unter allgemeinem Gelächter ein Paket Zahnstocher.
Ich hätte zu sehr gezittert, flüsterte er mir ins Ohr. Zum
Trost lud er mich zu seinem Geburtstag ein.
    Die Begrüßungsworte übernimmt sein muskulöser

Ehemann: Siebzigtausend Sternschnuppen im letzten Jahr, das stimme doch hoffnungsvoll. Dazu kämen die vielen neuen Palmenschutzmittel und Fenstergriffmodelle – insgesamt also ein erfolgreiches Geschäftsjahr, das da hinter ihm läge, und nun auch noch vier neue Handynetze in Kenia. Er wünsche seinem Liebsten einen noch schärferen Verstand und stimme hiermit ein Loblied auf Tiefseebestattungen an. Die Besucher stellen ihre Plastikgläser beiseite, um zu klatschen. Dann wird *Mackie Messer* eingespielt und das Buffet eröffnet. Leuchtende Gesichter im Fackelschein, eine Gruppe junger Clowns jodelt im Hintergrund, und schnell sind die Dixie-Klos vollkommen verstopft. Die Besucher sprechen über die allgemeine Stimmungslage im Schaustellerwesen, von verheerenden Hygienevorschriften für Kamele und Elefanten. Ich trinke eine halbe Flasche Campari und höre zwei alten Zirkusdirektoren beim Klagen zu. Dramatischer Rückgang der Zuschauerzahlen, eine Zukunft als Kleinattraktion bei Kindergeburtstagen: das seien heute ihre Aussichten. Niemand übernehme politisch Verantwortung für den Zirkus, er falle durch alle Roste, sei weder BIO noch UNESCO, stehe ganz nackt, ohne Lobby da.

»Manchmal habe ich das Gefühl, die Leute hätten den Krieg vergessen«, sagt eine greise Dompteurin und kneift dabei die Augen zu. »Das Schlimme an den Bauchgefühlen ist ja, dass man nicht gegen sie argumentieren, sie aber auch nicht nicht ernstnehmen kann«, antwortet ein zigarrenrauchender Seiltänzer. »Aber die Sprache«, ruft jemand aus dem Hintergrund, »aber die

Sprache darf doch nicht verrohen.« Darauf dann der Clown: »Die Sprache ist unser Gemüse – wir können sie nur noch gekocht vertragen.«

Ein junges Mädchen steht allein zwischen den halbseidenen Veteranen und klammert sich an ihr Telefon. Fünfzehn, sechzehn wird sie sein, nicht älter. Ich versuche ein Gespräch mit ihr, mache ein paar selbstironische Bemerkungen über das Durchschnittsalter der Gäste und erzähle ihr von meiner Mutprobe mit dem Messerwerfer. Während ich auf sie einrede, stelle ich mir vor, wie wir beide lispelnd an einem Vorlesewettbewerb teilnehmen und unser Deutschlehrer uns in der ersten Reihe mit den Lippen die richtige Aussprache vormacht.

Sie lässt sich nicht auf mich ein, fragt nur kühl, ob ich schon Kinder hätte. Bereits in ihrem zweiten Satz fällt das Wort »Ehemann« und gleich darauf »russischer Botschafter«. Wie eine Warnung stößt sie die Worte hervor, nicht glücklich, ganz im Gegenteil, eher wie eine Gefangene, die sich nichts anmerken lassen darf, sonst kriegt sie wieder für Monate kein Tageslicht zu sehen, muss zurück ins düstere Loch mit der quietschenden Seilwinde. *Noli me tangere*, scheint jeder ihrer Sätze zu sagen, während sie angestrengt an mir vorbeischaut. Ihren Mann habe ich vorhin aus dem Augenwinkel schon gesehen, ein dicker Jelzin-Wiedergänger mit W M-Anstecker am Revers. Jetzt flüstert er hinten bei den Pinien mit seinem Leibwächter. Später, als ich gehe, beobachte ich, wie er sie am Arm nimmt und hinaus zum Wagen zieht wie ein störrisches Kind. Mir ist, als ob sie noch einmal kurz zurückblickt, bevor sie in den Wagen steigt, mich mit den Augen sucht. Vielleicht wollte sie mir doch ein Zeichen geben. Aber vielleicht ist sie auch nur auf ihren Absätzen umgeknickt.

Zur Verabredung mit dem Direktor der Hertziana komme ich zu spät. Hatte vergessen, ein sauberes Hemd anzuziehen. Immerhin besuche ich die berühmteste Kunstbibliothek der Welt. Dort herrschen unwirkliche Verhältnisse: Wo einen sonst in Bücherhäusern oft die Leere anfällt, konkurrieren hier Studenten und Professorinnen um die Leseplätze. Am Eingang stehen sie Schlange und versuchen, dem mürrischen Herrn hinter dem Empfangstisch zu erklären, warum sie und nur sie unbedingt für ein paar Tage einen Sitzplatz brauchen.

Der Direktor empfängt mich in einem großen Zimmer mit Kamin und weißen Vorhängen. Sein Dackel leckt mir den Schweiß von den Beinen, während sein Herr in beigen Hosen und gestreiftem Hemd das postdigitale Zeitalter ausruft. Die Stunde sei gekommen, in der das Internet wie Elektrizität behandelt werden könne: als lebensbestimmende Erleichterung, die aber nun in den Köpfen wieder Platz schaffe für das Wesentliche. Und das sind in seinen hoffnungsfroh strahlenden Augen die Bücher. Seit seinem Amtsantritt vor zwei Jahren sucht er weltweit nach historischen Romführern, kauft an, baut die Sammlung aus. Beim Rundgang durch die verschiedenen Säle stellt er mir seine junge Restauratorin vor. Im weißen Kittel steht sie am Tisch, mit Pinzetten fasst sie die Seiten an und diagnostiziert den Zustand des Papiers. Nur Pergament hält den Jahrhunderten stand, erklärt sie, wenn nicht Würmer oder eine eisenhaltige Tinte es zerfressen. »Die Bücher sind meine Patienten«, sagt sie, »jedes von ihnen hat eine andere Behandlung nötig.« Als der Direktor ein Exemplar des Reiseführers, den Goethe benutzt hat, aus dem Regal nehmen will, reicht sie ihm streng den Karton mit den Gummihandschuhen. Verärgert schiebt er ihn zur Seite und zieht mich in den nächsten Raum.

Später stehen wir oben auf der Terrasse, blicken über die Stadt. In einem Loft gegenüber lebt ein alter, einflussreicher Fernsehmoderator, der Berlusconi in seiner Talkshow groß gemacht hat. Die Blumen auf seinem Balkon sind gewässert, aber die Terrassentüren bleiben Tag und Nacht geschlossen, werden von kreisenden Kameraaugen bewacht. Eigentlich müsse sich jede Generation Rom von neuem erobern, sagt der Direktor, aber im Moment verlören immer mehr junge Forscherinnen und Forscher das Interesse an der Stadt. Glaubten einfach nicht mehr daran, dass es hier noch Geheimnisse zu entdecken gebe. Rom stehe für das alte Europa, für Nachahmungseifer, Verehrungslust, Geschichtsphilosophie. Für Melancholie und Demut auch. Das passe nicht zu den neuen Forschungsprogrammen. Die Geschlechterfrage lasse sich mit einer Arbeit zu Rom nicht beantworten, nach antikolonialistischen Gewährsmännern suche man unter den Nazarenern vergebens. Die meisten, die heute in der Stadt forschten, würden mit dem Rücken zu Rom arbeiten, sagt der Direktor und schiebt sich das Hündchen vom Fuß. Er muss los, ein Essen mit der neuen Bürgermeisterin. Beim Abschied reicht er mir die Hand wie zum Pakt und ruft, als müsse er mich warnen: »Schlimmer als der heftigste Brinkmann'sche Rom-Ekel ist das gelassene Desinteresse, das sorglose Unberührtsein gegenüber der Stadt.«

Eine Weile folge ich ihm noch unbemerkt, beobachte, wie er die Straße entlangläuft, den Zeigefinger der rechten Hand ausgestreckt, angewidert von den hässlich gekleideten, bedeutungslos schwitzenden Menschen um ihn herum. Eigentlich will er ihnen mit erhobenem Finger die Leviten lesen, sie ausschimpfen, des Platzes verweisen, den sie nicht ehren. Aber er weiß ja, er lebt in anderen Zeiten, unterhält sich zu viel mit gestrigen Geistern. Deshalb geht er schweigend weiter, lässt seinen Zeigefinger zu Boden gestreckt. Zur Hölle sollen sie fahren mit ihren Discountermienen und ihrem besinnungslosen Blick.

An der Piazza San Silvestro biege ich ab und laufe zurück zur Spanischen Treppe. Der Puls rast wieder. 110 Schläge pro Minute. In einer Bar frage ich nach Eiswürfeln, lasse sie in der linken Brusttasche schmelzen. Auf der Gedenktafel für John Keats ist bei der Altersangabe die Fünf hinter der Zwei auf geheimnisvolle Weise verblasst. So als hätte ein Gesandter des jungen Dichters dafür gesorgt, dass den Passanten sein genaues Alter verborgen bliebe. Denn die exakte Zahl zerstört ja die Illusion, macht den Mythos klein. Nichts als ein Frühvollendeter will Keats sein. Und ewig bleiben.

Auf dem Corso schenkt kurz vor Einbruch der Dunkelheit ein müder Sonnenbrillenverkäufer dem Bettler hinter ihm ein Mängelexemplar. Die rote Halterung wackelt ein wenig, aber der gefälschte Markenname stimmt. Den ganzen Tag hat der Bettler, ohne zu klagen, auf den Kirchenstufen gesessen, hat gewartet und gedöst, sich hin und wieder Fußballergebnisse durchsagen lassen oder in einem zerfledderten Krimi gelesen. Aber jetzt, am Schluss, ist er für sein Warten belohnt worden. Der Bettler bedankt sich freundlich. Und stellt sich vor, dass diese Brille genauso gut ein spanischer Versicherungsmakler hätte tragen können, der abends mit seiner Frau im Arm an der Hotelrezeption Massagegutscheine einlöst.

Seit Tagen ein Lied im Kopf, von Mahler: »Ich bin gestorben dem Weltgetümmel / und ruh in einem stillen Gebiet / Ich leb allein in meinem Himmel / in meinem Lieben, in meinem Lied«. Wie kann es sein, dass hier alles von Trauer durchdrungen ist, von Verzweiflung, Abschied und Ewigkeit handelt, und es doch schön ist, sich ruhig anfühlt, hoffnungsvoll und stärkend. Als gäbe es einen Ort ohne schlagende Türen, nur mit offenen Fenstern. Wo sich das Licht ausruhen kann, nicht einfallen oder etwas durchbrechen muss, sondern schlicht da ist und bleibt. Wäre das nicht eigentlich Kirche? Ein Ort jenseits aller Datenüberwachung. Schutzraum für unsere aufgeriebenen Gemüter. Ihre Türen hat sie in Rom zum ersten Mal aufgestoßen. Und heute noch immer geöffnet.

Auf einer Betbank von San Luigi dei Francesi sitzt eine junge Französin. Sie ist mit ihrem Verlobten und einem befreundeten Paar hier. Den Tag über haben sie Fotos gemacht und halbe Regenbogen am Himmel gesehen. Jetzt, gegen Abend, gehen sie noch kurz in die Messe. Ich stehe hinten, beobachtete sie heimlich. Die junge Französin ist ins Gebet vertieft. Die Sonnenbrille hat sie halb auf den Dutt geschoben, den Stadtführer neben sich auf die Bank gelegt. Ihr Verlobter sitzt daneben. Mit Jeans und in großer Verehrung. Und doch wird er ihr nicht helfen können, wenn sie am Grab ihrer Mutter steht, zerrissen von Trauer. Umringt von Freunden, die mitfühlend weinen, inmitten eines großen Blumenmeers, »Staub zu Staub«, der schlimmste Tag ihres Lebens. Aber sie bleibt ganz ruhig. Fast gelassen. Lange schon hat sie sich vorbereitet auf diesen Moment, gegen alle Abschiedsangst gewappnet mit der Überzeugung auf ein baldiges Wiedersehen: »Und es wird sich so anfühlen, als hätten wir uns eben erst getrennt«, hat die Mutter gesagt, als sie ihr das letzte Mal den Schal um den Hals legte. Er wird neben ihr stehen und nach ihrer Hand greifen. Aber sie wird es nicht fühlen, sondern daran zurückzudenken, wie sie sich damals in Rom zu viert nach der Messe im Beichtstuhl versteckten.

Als alle gegangen sind, zieht sie die drei in die Ecke, unter das Bild von Caravaggio, auf dem Jesus auf Matthäus zeigt. Ihr ruhiges Gesicht beginnt auf einmal leicht zu zittern, der Körper gerät in Wallung. Sie will, dass ihr Freund ihr über den nackten Rücken streift, also steigt sie aus dem Kleid und greift nach seiner

Hand. Er aber fasst ihr gleich in den Nacken, zieht sie vor sich und denkt in den falschen Bildern. Die beiden anderen stehen dabei und wissen nicht recht. Seit Kindertagen sind die vier befreundet, waren zusammen in der Schule, beim Segelfliegen und im Lesesaal. Sie kennen sich gut. Sehr gut. Aber das hier wäre ja so etwas wie Blutsbrüderschaft. Eine gemeinsame Feuertaufe. Ein Sündensakrament. Er flüstert ihr ins Ohr, sie spürt seine Erregung. Schließlich schleichen sie doch zu den beiden Verlobten, beißen sich auf die Lippen, lassen ihre Körper zueinanderkommen. So richtig will das gemeinsame Lieben nicht glücken. Immer ist gerade der da, den man nicht will, schaut die zu, vor der man sich schämt. Draußen läuten die Glocken. Sie versuchen alles zu vergessen und ihren eigenen Himmel zu finden, ihr eigenes Lied. Aber nur die junge Französin ist wirklich bereit, sich ganz hinzugeben. Die anderen beschwert ihr Gewissen, mechanisch verschwenden sie den Augenblick. Für die eine hätte es Zeit werden können, aber die anderen verheddern sich in der Gegenwart.

Als die vier aus der Kirche schleichen, entdecken sie ein Zeichen an der Wand: Gleich links vom Eingang, ein Grabmal, das Chateaubriand hier für seine frühverstorbene Geliebte Paulina errichten ließ: *quia non sunt* – weil sie nicht mehr sind – steht über dem in Stein gemeißelten Sterbebett, auf dem sich die schwerkranke Geliebte in qualvollen Schmerzen windet. Aber im Halbdunkel will den vieren ihr Todeskampf wie die letzte Zuckung einer erfüllten Lust erscheinen. Darunter lesen sie die romantische Legende: »Nachdem sie ihre ganze Familie, ihren Vater und ihre Mutter, ihre zwei Brüder und ihre Schwester, verloren hatte, ist Pauline nach langer Krankheit auf fremdem Boden verstorben.« Chateaubriand – auf sein Grab hatte Sartre gepinkelt, um vor Simone de Beauvoir anzugeben und seine Verachtung für die Autorität des Dichters auszudrücken. In Rom hätte er den Hosenschlitz gar nicht mehr zugekriegt.

Rom und der Tod, ist das nicht das eigentliche Liebespaar? Südlich, in der Sonne sterben, nicht kalt und verzweifelt wie im Norden. In Rom scheidet man großzügiger, hier bleibt auch danach irgendwie alles beisammen. Eine Stadt, in der die Vorstellung, ums Leben zu kommen, nichts Bedrohliches hat. Wo immer eine Kirche in der Nähe ist, an deren Schwelle man den Kopf noch einmal zur Sonne wenden kann.

Rom, das ist Aufzählung. Imitation. Verschwendung. Das heißt, immer wieder »wir« sagen und das Ganze meinen. Die vielen Wege gehen, die hier schon so viele gegangen sind, die vielen Bilder sehen, die hier schon so viele gesehen haben – es gibt keine Chance, in Rom der Erste zu sein. Dafür darf sich hier jeder wie ein Letzter fühlen.

Rom, die Stadt der tapferen Sehnsucht. In allen Spiegeln spiegelt sie sich: zum Beispiel auf einem Madonna-Bild aus einer namenlosen Künstlerschule. Wenn natürliches Tageslicht auf das dunkle Gemälde fällt – für Epigonen gibt es keine Beleuchtung –, dann verschmilzt der gemalte Lichtstrahl auf dem Bild mit dem natürlichen aus dem Fenster, und es ist, als ob sich diese gelassen traurige Maria für einen Moment hin zum Licht bewegt, um ihre Einsamkeit ein wenig heller werden zu lassen.

Als ich auf dem Heimweg die Porta del Popolo passiere, über mir die Möwen, die Fassade des Tores in mattem Abendrot, der Lärm der Straße vermischt mit dem Geheul einer E-Gitarre, denke ich angestrengt an Goethe, wie er vor über zweihundert Jahren hierdurch seine Hauptstadt der Welt betrat. Und gerade als ich einhalten will, um demgegenüber eine angemessene Haltung anzunehmen, klingelt das Telefon, und ich rede mit einer Bekannten über die Besetzung von zwei offenen Stellen in der Verwaltung. Gewichtig sprechend setze ich mich neben die Löwen am Obelisken, schaue nicht zu ihnen auf, lese nicht die Inschrift vom glänzenden Sieg, sondern quatsche mit Kassel und zupfe am Hosenbein. Augenblicke können beleidigt werden, als wären sie eine alte Geliebte, die man im Restaurant zu lange warten lässt. Eine Viertelstunde hält sie es aus, dann steht sie stolz auf und geht. So ist es auch hier: Als ich das Handy endlich vom Ohr nehme und mich wieder der Stadt zuwenden will, ist sie düster und kühl geworden. Der Musiker hat seine Gitarre eingepackt, die Laterne ist erloschen, und selbst die Straßenhändler schauen verächtlich an mir vorbei. Zur falschen Zeit am falschen Ort das falsche Wort gesagt: »Rentenansprüche« hieß es, glaube ich.

II.

AM MORGEN BEIM ARZT GEWESEN. Der Sprechstundenhilfe in holprigem Italienisch vom rasenden Puls erzählt. Im Wartezimmer sitzen alte fiebrige Damen und junge schwarze Männer mit Pockennarben im Gesicht. Statt Lautsprecheransagen gibt es eine Schwester mit Trillerpfeife, die pfeift und dann die Namen aufruft, die sie meist sowieso nicht richtig aussprechen kann, und also lieber noch lauter pfeift und leiser ansagt. Die Finger des Arztes riechen nach Knoblauch, in seinem Bart hängen Reste von Zigarettenasche. Er tastet mich ab an Hals und Beinen, lässt mich tief Atem holen und den Rücken beugen. Vom Fenster hinter seinem überfüllten Schreibtisch sieht man direkt in den Hof eines Gefängnisses, gerade haben die Häftlinge Ausgang und marschieren wie Gänse an den Wärtern vorbei. Wie bei Beckett, denke ich, der aus seiner Pariser Wohnung ja auch auf die Santé geblickt hat, das städtische Gefängnis, in dessen Hof lange Zeit noch eine Guillotine stand. Bei offenem Fenster konnte er in seinem Arbeitszimmer den Tumult der Gefangenen hören und das Geräusch der schweren Türen, wenn sie abends ins Schloss fielen. In Becketts Wohnung fühlte man sich wie im Haus eines Türmers, so beschrieben es später Besucher: »Zum Sehen geboren, zum Schauen bestellt.«

Der Arzt gibt mir eine Spritze in den Rücken. Warum, verstehe ich nicht. Aber er lächelt freundlich und klopft mir auf die Schulter. Der Puls wird ruhiger, und ich laufe wieder hinaus in die sengende Hitze.

Als ich mit sechzehn in Neuseeland war und nicht schlafen konnte, weil sie mir wieder den ganzen Abend lang den Hitlergruß gezeigt hatten, diese ekelhaften *farming boys*, mit denen ich in einem Schulhaus wohnte, versuchte ich, ganz nah an die Wand zu rücken und meinen Atem zu hören. Nur wenn man wirklich leise ist und genau hinhört, klappt das. Dann zieht einem auf einmal ein kühler Hauch über das Gesicht und schließt beide Augen. Vielleicht hat die Geschichte ihre eigene Zeit, vielleicht kann man sie gar nicht mit Kalender oder Uhr messen. In Rom jedenfalls zählen nur die Blicke.

Vor dem ehemaligen Wohnhaus von Elsa Morante sehe ich die junge Frau von der Piazza Navona wieder. Kein weißes Kleid diesmal, sondern ein kurzer Rock über Leggings. Auf der rechten Wange ein großer Leberfleck. Sie steht an der Eingangstür und sucht ein Schild mit dem Namen der Schriftstellerin. Die Klinke der Haustür ist einem Schmetterling nachempfunden, als sie ihre Suche enttäuscht aufgibt, lässt sie die Finger kurz über seine goldenen Flügel streichen, so als ob sie etwas von der Aura mitnehmen wollte. Dann läuft sie weiter, geht im schlendernden Gang Richtung Tiber. Ich folge ihr, sehe sie über rote Ampeln gehen und nach Tauben treten, auf der Brücke ein Foto von zwei Nonnen machen. In Trastevere isst sie zu Mittag. In einer ehemaligen Leichenhalle, dort, wo früher auf Marmorplatten die Körper aufgeschnitten wurden, lässt sie sich unter surrenden Ventilatoren eine Pizza servieren. Draußen sitzen die Menschen im Schneidersitz auf der Straße, beißen sich Paare ins Ohr. Der Tiber stinkt so sehr, dass niemand ihm nah sein will außer den Ratten. Stattdessen wollen alle ein Eis und auf Treppenstufen sitzen, während vorne ein Archäologiestudent »Wind of Change« singt.

Ich stehe am Fenster und beobachte sie unauffällig. Ihren von Katzenkrallen zerkratzten Unterarm hat sie angewinkelt weit vor sich auf den Tisch geschoben, wie um zu zeigen, dass sie gern auf jede Form von Gesellschaft und Gelegenheitsgespräch verzichtet.

Als sie aufsteht, zahlt und durch die Tür tritt, sich eine Zigarette anzündet und die Treppen zum Tiber hinuntersteigt, weiß ich: Rom ist gefährlich, die Stadt wird mich verführen. Ich werde nicht wegwollen. Alles, was ich finden und fühlen will, ist hier. Ich habe es lange gesucht, auf deutschen Opernfestspielen und in englischen College-Speisesälen, auf sächsischen Bergwanderungen und vor Technoclubs in Saas-Fee – ich stand als Kind von Tauben umringt auf schönen Plätzen, habe mit Filipinos gekifft im Bauch eines Containerschiffes auf hoher See, ich war der Erste beim Halbmarathon, ein guter Sohn und Schüler, habe frühmorgens den Hund ausgeführt und in der Konzertpause das Programmheft studiert. Gelitten habe ich auch schon, bin ein halbes

Jahr gegen die Wand gesprungen, weil ich nicht schlafen konnte, und habe mir um Mitternacht auf dem Marktplatz in den Schritt fassen lassen. Später dann doch noch Französisch gelernt und fast auch noch Kochen. Ich bin mitgelaufen auf den richtigen Demos, habe Freunden die Treue gehalten, mich betrügen lassen und selbst betrogen. Ich bin allein aufs Feld geritten, habe die Schaukel angeschoben und einmal in Bremen auch einen Fallrückzieher gemacht. Aber jetzt bin ich hier, in Rom, und alles scheint endlich endlich.

Tag der offenen Tür bei den Maltesern: Ein paar Militärs stehen in der Sonne, eine italienische Gewerkschaftsführerin bleibt dicht am Buffet, der deutsche Fernsehkorrespondent fällt seiner aufgeregten Frau dauernd ins Wort und zupft nervös an seinem Einstecktuch. Zusammenhalt, Europa, offene Zukunft, sagen die Diplomaten und kratzen sich am Kopf. Hin- und hergerissen wenden sie den Hals unschlüssig von rechts nach links wie bei einem Tennismatch.

Ein graumelierter Herr um die siebzig, dunkelblauer Maßanzug, helle Tod's-Schuhe und ein glitzernder Ring am Finger, lehnt etwas abseits an einer Mauer, zusammen mit seinem Sohn. Als ich ihn ansprechen will, zeigt er sofort auf seine Ohren und seinen Mund – taub, soll das heißen. Als ich mich erschrocken umwenden und das Weite suchen will, fasst er mich schnell am Arm und zwinkert mir zu. Sein Sohn übersetzt ihm meine Worte durch ein akrobatisches Lippenspiel, und er antwortet mit eigenen, mir unverständlichen Lauten.

In einer Sprache, die etwas ursprünglich Ungeformtes an sich hat. Er, dem das Gehör seit der Geburt fehlt, leitet seit vierzig Jahren ein Nobelhotel an der Spanischen Treppe. Seine Gäste begrüßt er je nach Rang mit einem kurzen oder langen Augenzwinkern. Die Scham, die er einmal empfand, als ihn die anderen im Schulhof an den Ohren zogen und Beschimpfungen hineinbrüllten, ist vergangen. Nur das leichte Wippen auf den Zehen zeugt vielleicht noch davon. Er nutzt sein Schicksal jetzt zu seinen Gunsten, von weit her kommen die Leute und lassen sich von ihm über die Wange streichen. Er darf ja streichen, weil er nichts hört.

Seinen ängstlichen Griff nach meinem Arm fühle ich noch lange, höre das kurze Stocken in seinem Atem. Die Furcht des Ausgeschlossenen vor der Ächtung, nachts, wenn er alleine in seinem Zimmer sitzt, die Kniestrümpfe halb ausgezogen. »Es war einmal«, sagen manche seiner Gäste und flüstern heimlich von China. Erzählen ihm von einem verfallenen Luxushotel in den Alpen – glaslose Drehtür, verwaiste Lobby. Die Telefonkabel aus der Wand gerissen, sämtliche Reservierungsscheine auf dem Boden verteilt. Draußen auf der Veranda stehen noch ein paar rostige Stühle, und in der Bar liegen die zerbrochenen Whiskeyflaschen im Staub.

Der Hoteldirektor fürchtet dasselbe Schicksal für sein Haus, für seine Stadt. Wie soll er sich zurechtfinden, wenn ihm niemand mehr die Wange hinhält?

Zwei Tage lag ich erkältet im Bett, dann bekam ich großen Hunger und lief hinaus zum Bistro gegenüber. Der
Pizzaiolo spricht beim Teigausrollen mit seiner Freundin. Sie sitzt auf dem Sofa in einem Vorort von Kalkutta
und hat schlecht geträumt. Sie will vertraut mit ihm
sprechen, trotz der Entfernung, trotz der verschobenen
Zeit. Ihr Kopf ist zu nah am Bildschirm, er hat sein Telefon an die Küchenwand gelehnt und spricht ruhig auf
sie ein, während er den Teig für die Touristen belegt. Die
Tür steht halb offen, weil es keinen Abzug gibt, aber als
sie anfängt, Intimes zu sagen, drückt er die Tür mit dem
linken Fuß zu. Auf der Toilette kann man ihn trotzdem
hören, ihn und seine lustverspielte Freundin, die ihn
dazu bringen will, sich in der Küche auszuziehen und
sich mit dem Bauch in den Teig zu legen. Es zieht sie an,
ihren zukünftigen Mann bei der Arbeit erregt zu sehen
und zu wissen, dass all die Touristen draußen auf ihre
»Napoli« warten müssen, weil sie sich das Nachthemd
von den Schultern zieht.

Mit der Pizza in der Hand steige ich in einen Bus
nach Esquilino. Nach einer Theatervorstellung bin ich
mit einem Schauspieler verabredet. Vor ein paar Tagen
habe ich ihn kennengelernt, weil er in einem Restaurant
meine Jacke aus Versehen angezogen und zu schnell auf
seinem Roller fortgefahren war. Später kam er zurück
und sah mich hilflos am Tresen stehen. Auf der Bühne
heute Abend spielt er einen betrogenen Ehemann bei
Pirandello, deklamiert laut, gestikuliert übertrieben,
während unten im halbgefüllten Zuschauersaal immer
wieder die blauen Displaylichter aufglimmen. Rom sei

endgültig verloren, sagt er später in der Bar. Der Müll, die Straßen, der Nahverkehr – alles kaputt, aus und vorbei, für immer und ewig, *mai e poi mai*. Er hat pechschwarze Haare auf den Unterarmen, hasst den Lärm, die Massen, das Kämpfen. Aber liebt Leopardi und sein Gedicht *L'Infinito – così tra questa / Immensità s'annega il pensier mio*: Und so / Im uferlosen All versinkt mein Geist.

Er will sein Land verlassen, wie alle jungen Italiener. Der Platz, auf den er aus seinem kleinen WG-Zimmer blickt, wird jede Nacht von drei Bussen angefahren, die verängstigte Menschen ausspucken. Männer, Frauen, kreischende Kinder werden einfach ausgeladen, wie Ware. Dann sitzen sie da, Rücken an Rücken, ohne Worte, ohne Weisung. Nach einer Weile kommt die Mafia, sucht sich die stärksten und gesündesten Männer aus, die anderen verfallen dem Alkohol. Nachts treten sie gegen die Haustüren und brüllen ihre Verzweiflung in die Gegensprechanlage.

Nie geht der Schauspieler mehr sorglos auf die Straße, in seiner Not hat er zuletzt die Rechten gewählt, unvorstellbar noch vor ein paar Jahren, aber jetzt, wo alles sowieso am Boden ist, was kann man da noch verlieren? Fragt er kopfschüttelnd, und ich bestelle ihm noch ein Bier. Eifersucht verhärtet sein Gesicht, als ich für ihn zahle. Bei uns zu Hause reden wir gewichtig über Europa, über das »Nie wieder«, die Einheit, das sogenannte Wertesystem. Aber im Süden kommt die Geschichte nicht an. Wenn hier erst einmal das Wasser über die Ufer tritt, dann kriechen die Skarabäen aus ihren Löchern hervor und setzen sich auf unsere Münder. Und während wir noch nach Desinfektionsmittel schreien, dröhnt es schon aus den Boxen: »Und wir singen im Atomschutzbunker / Hurra, diese Welt geht unter.«.

In einem französischen Restaurant in der Nähe des Pantheons servieren Ordensschwestern aus aller Welt unter Aufsicht einer Oberin schweigend das Essen. Nach dem Dessert beten sie gemeinsam das *Ave Maria*. An einem Tisch in der Ecke sitzt ein junger Jude mit Locken und krausem Bart. Er studiert die Thora, liest den Text halblaut vor sich hin und ringt um Fassung. Als eine der Schwestern ihm die Rechnung auf den Tisch legt, bricht es aus ihm heraus: Er habe Geburtstag heute, werde dreißig Jahre alt. Zu Hause hatte er damit angegeben, den Tag allein in Rom zu verbringen, aber jetzt fühlt er sich auf einmal schrecklich verloren an seinem Esstisch im großen Saal, nur mit sich und der Heiligen Schrift. Wenig später tragen die Schwestern eine Orange mit Kerze herein, löschen das Licht und singen im Kanon »Tanti auguri«. Es ist, als begrüßten sie einen verlorenen Sohn, der nach langer Reise endlich heimgekehrt ist. Ob er weint, kann ich nicht sagen, seine Wangen sind im Halbdunkel nicht zu sehen.

Mir gegenüber sitzt ein katholischer Theologe. Er spricht mit schwäbischem Akzent und nutzt jede Gelegenheit zum vorschnellen Urteil. Sein Gesicht ist kantig, mit scharfer Klinge rasiert, hier und da sind kleine geschwollene Schnittwunden zu sehen. Vor jedem Satz holt er laut Atem, um dann Mitteilungen abzugeben wie: »Wir glauben ja an unsere Gelübde«, oder: »Bei uns gibt es keine Ehescheidungen«.

Seine Worte sollen mir klarmachen, dass er die Reise in einer besseren Klasse verbringt. Mit seiner tiefempfundenen Nähe zu Gott gibt er an wie andere mit berühmten Namen in ihrem Adressbuch. Wenn er nicht redet, klopft er mit den Fingerknöcheln ungeduldig von unten gegen die Tischplatte. Bei Widerspruch legt sich seine Stirn in Falten und seine Augen setzen zum Himmeln an. Auf die gefühligen Allerweltsparolen seines protestantischen Gegenübers kann er gut verzichten, denn er kennt die Abgründe im Vatikan besser als jeder andere. Weiß, wie schlimm es um den inneren Frieden im Klerus steht, dass sogar ein Schisma droht, wenn der Papst nicht endlich umschwenkt. Den einen Kardinal hält er für senil, den anderen für eine Koksnase. Beim Streit um die Zulassung zum Abendmahl hat er eine unversöhnliche Position. Wie nebenbei zeigt er immer wieder auf seinen Ehering, als wäre der ein unangreifbarer Beweis seines eigenen festen Standes. »Audienz beendet«, sagt er dann plötzlich mitten im Gespräch und geht grußlos davon.

Zum Ausgleich ein Messebesuch in Santa Maria del Popolo. Der schöne Platz davor liegt in der Abendsonne, die Rosenverkäufer tunken ihre Blumen ins Brunnenwasser und pfeifen dabei. Am Becken zeigen Piktogramme an, was man hier alles nicht machen darf: Nicht auf den Löwen reiten, keine Nutella-Crêpes essen, keinen Alkohol trinken auf den Stufen zum Obelisken. Neben dem Offensichtlichen noch ein geheimes Zeichen: ein Feuerlöscher und ein Filzstift stoßen aneinander, vielleicht um deutlich zu machen, dass weder Feuerlegen noch Gedichteschreiben hier erlaubt ist. Schon zu oft passiert, schon zu oft gelesen, Gedichte aus Rom über Rom. Heute mit mehr Abstand und weniger Pathos, aber im Grunde seit Jahrhunderten dasselbe: traurige Täuschung und Hoffnung auf mehr.

Der Platz selbst, die Piazza del Popolo, zieht mich unmittelbar zur Mitte, ins Zentrum. Hier will ich stehen und mit ausgestreckten Händen gen Norden und Süden weisen, mir die Stadt einteilen und zu eigen machen. Dieses trügerische Gefühl von Übersicht: Als hätte ich je die Oberhand, als zöge ich nicht auf geheimem Befehl umher, von fremder Hand bewegt, hierhin und dorthin geleitet, nie ein Ziel vor Augen. Nichts ist wirklich zu erreichen in dieser Stadt, immer leuchtet noch ein anderes Licht, rauscht noch ein zweiter Brunnen.

Der Tod sei nur eine Passage, *un passaggio,* sagt der Pater in der Messe, während draußen ein Beatles-Song ins Mikrofon gequiekt wird. Wer an Gott glaube, der habe einen Vater und einen Bruder, eine ganze Familie. Im Italienischen benutzt man das Possessivpronomen in der Regel mit einem Artikel, der das Objekt bestimmt. Es heißt *la mia casa* und *il mio compleanno.* Nur bei der Familie und bei Gott macht man eine Ausnahme und spricht ohne Umschweife von *mio padre, mia madre* und *mio dio.* So selbstverständlich wie die Italiener ihre Aufzählungen mit sich selbst beginnen, so demütig beugen sie ihre grammatischen Regeln, wenn es um ihre heiligen Angehörigen geht.

In der Kirche sitzen nur eine Handvoll Gläubige, der Pater schaut mit milder Gelassenheit auf sie herab. Seine Einladung zum Abendmahl nehme ich mit leicht steigendem Herzschlag an, stelle mich wie ein schwarzes Schaf in die Reihe und empfange die Oblate. Als er sie mir in die Hand legt, blitzen seine Augen kurz auf, so als ob er meine falsche Konfession wittern würde, aber dann schiebt er seine Zweifel beiseite. Wer macht sich eigentlich schuldig in diesem Moment, wer sündigt? Der falsche Empfänger, der betrügt, oder der stellvertretende Spender, der eine hungrige Seele gegen den Willen der Kirche speist?

Beim abschließenden Segen fängt mein Herz an zu rasen, und ich denke plötzlich an Geld. An viel Geld. An weiße Briefumschläge voller Scheine, die mir überreicht werden. Die Schlange meiner Spender ist lang, ich reiße die Umschläge auf und zähle nach. Fühle den ängstlichen Blick der Zahlenden, ob ich wohl auch zufrieden bin. 500-Euro-Scheine rolle ich immer gleich mit einem Gummi zusammen und stecke sie mir pfeifend in die Hosentasche. Damit bezahle ich später das Taxi, nur um sagen zu können: »Behalten Sie den Rest.« Ich weiß nicht warum, ich spüre nur, wie mein Puls steigt, wie er in Beinen und Fingerkuppen laut zu pochen beginnt, sogar im Nacken zu spüren ist. Als wäre etwas in mir, das ausbrechen will. Der Pater spricht Abschiedsworte, gibt den Segen für die kommende Woche. Ich stürze aus der Gebetsbank hervor und laufe ins Freie.

Draußen ist es dunkel und noch sehr heiß, 30 Grad zeigt die Anzeigetafel der Apotheke. Eine Frau mit Kopftuch und zwei Ziehwagen schleppt sich langsam über den Corso. Alle fünf Meter kommt sie zum Stehen und bohrt mit dem Zeigefinger Löcher in die Mülltüten, um sich Pfandflaschen herauszufischen. Ich laufe an ihr vorbei, will nur nach Hause. Bald wird sie sterben, die alte Frau, wird in irgendeiner römischen Straßenecke sitzen bleiben und nicht mehr aufstehen. Niemand wird von ihr wissen, niemand wird um sie weinen. Gibt es eine Passage auch für sie? Was kommt, wenn die Schreie enden? Wenn das weiße Tuch auf den Kopf fällt und die Blätter vergehen? Unendliche Stille, heilloser Schmerz.

Ich setze mich in meinem Zimmer auf den Boden und starre ins Dunkel. Fühle den wummernden Puls am Hals. Der Raum ist leer, die Wände schweigen. Wer bist du? Wer willst du sein? Keine schnelle Antwort geben, als wäre das eine Frage unter vielen. Als könnte man ganz nebenbei feststellen: Ich muss mein Leben ändern. Wie lang es noch gut geht, kann niemand sagen. Wann der erste Schlag kommt, das Taumeln beginnt: verspielte Freundschaften, innere Kündigung, Totgeburt. Unter Beifall in den Betrieb reinrutschen wie in ein lauwarmes Spaßbad. Und am Beckenrand stehen die Anzugträger und drehen ihre Handflächen hin und her.

Wer bist du? Wer bist du wirklich? Kein Kenner, kein Beweger, kein Überzeugter, kein Fetischist. Im Erfahrungsraum sitze ich am liebsten und schaue von dort aus durchs Panoramafenster. Und später, wenn alles versandet, werde ich mit aufgeschlagenen Knien am Ufer stehen und das Knarren der Fährschiffe hören. Passagen, Übergänge. Wer weiß, ob das alles hier uns später nicht teuer zu stehen kommt. Oder was überhaupt noch wahr ist, wenn wir die Augen schließen.

Dienstagnachmittag: Audienz bei einem alten Kardinal. Kurienkardinal war er früher sogar, hat drei Päpste mitgewählt. In seiner großzügigen Wohnung in der Glaubenskongregation hängt ein handschriftlicher Brief von Mutter Teresa an der Wand. Seine Eltern eröffneten nach dem Krieg ein Restaurant, als Kind war er Ministrant, erzählt er. Eine Ordensschwester habe dafür gebetet, dass er Priester würde, also sei er hier. Die Hausangestellte bringt Kaffee und Kekse, der Ventilator kreist vergeblich gegen die drückende Hitze an. Der alte Kardinal hat einen schwachen Körper, aber die Gedanken kommen, und seine Augen blitzen wild.

Durch die allgegenwärtige Konzentration auf die horizontale sei die vertikale Ebene des Glaubens verlorengegangen, sagt er, es gebe nur noch wenig Interesse an Transzendenz. Laut einer Studie glaubten nur noch zehn Prozent aller deutschen Katholiken an Gott als ein »Du«, als ein Gegenüber. Die meisten würden sich mit dem »Göttlichen« verständigen, also mit einer yogahaften Wohlfühlebene über den Wolken. Gerade das Heiligste müsse doch aber vor dem Profanen beschützt werden. Wo alles sich auflöst und laufend verschwimmt, könnte die Kirche eigentlich ganz still werden und stark. Er spricht mit einfachen Worten, in einem singenden Tonfall, der Welt zugewandt, aber sein Unbehagen dringt dennoch durch: Den heftigen Streit um Franziskus' Führung will er als ein Zeichen Gottes verstanden wissen, demzufolge der Weltenherrscher eben im Paradies wohne, nicht im Vatikan.

Seltsam, denke ich, diese zwei Zeitrechnungen. Draußen gehen die Menschen ihres Weges und tun alles, was recht und unterhaltsam ist. Sie leben, lieben, betrügen, setzen auf Pferde und auf Politiker, verdienen ihr Geld und wickeln sich in Ruhmesblätter, reden über Reisepläne und Umsatzsteuer, während das Jahr sich häutet und die größten Unglücke geschehen. Sie fahren schnell und stöhnen leise, bauen Burgen aus Kies und sitzen barfuß am Klavier, aber an die Kirche denken sie nur, wenn jemand geboren wird oder stirbt. Dann sitzen sie heulend in den Bänken und klammern sich an jedes Wort des Priesters. Dann rechnen sie auf einmal mit einer kommenden Zeit.

Es müsse wieder mehr vom »Ewigen Leben« die Rede sein, sagt der alte Kardinal, im Gestrüpp der Welt dürfe die Frage nach der Existenz nicht ganz verloren gehen. Zum Abschied schenkt er mir einen Rosenkranz – »so streng nehmen Sie es mit Ihrem Protestantismus doch nicht« –, erteilt mir damit einen Auftrag, so verstehe ich es, eine Hausaufgabe. Für einen Moment ist er der Einflüsterer auf meinem Wagen, der mir bei meiner Triumphfahrt ins Ohr ruft: Memento mori – denk daran, dass du sterblich bist.

Später in der Chiesa Nuova stehe ich vor der Grabplatte von Cy Twombly, dem Maler und Fotografen. Im

Juli vor ein paar Jahren ist er in Rom gestorben. Er war krank, gebrechlich, fast blind, aber er wollte unbedingt noch hierher, um bei seinem Tod in der Nähe von Keats zu sein. Auf dem Rand der Platte haben Freunde und Verehrer kleine Steine gelegt, ein Stöckchen auch und ein vertrocknetes Veilchen.

Es soll einmal einen glühenden Gläubigen gegeben haben, der sein ganzes Leben lang darauf wartete, Rom zu sehen. Und als er nach erschöpfenden Wanderwochen endlich von ferne die Tore der Stadt sah, soll er kehrtgemacht und dabei gesagt haben: »Man muss auch verzichten können.«

III.

AUF DEM LARGO DI TORRE ARGENTINA,
vor dem Teatro Argentina, also gegenüber der Azienda
Tessile Romana, einem bekannten Stoffgeschäft, seitlich von der UniCredit Bank und der La-Feltrinelli-
Buchhandlung, vor dem Lufthansa City Center, in der
südwestlichen Diagonale vom Supermercato-Werbe-
schild und auf der nordöstlichen Seite vom Doppel-
gänger – einem Modegeschäft –, unter Dachterrassen,
Palmengärten und wippenden Fernsehantennen, nörd-
lich vom Ristorante Città Sovrana an der Via Florida,
gesäumt von der Bar Amore und einem Flying-Tiger-
Geschäft, im Schatten einer Pinie, dort ist die Stelle, an
der Caesar ermordet wurde. Kein Schild, keine Fahne
erinnert mehr daran. Im März 44 v. Chr. wird der Dik-
tator niedergestochen, am Fuße einer Ehrenstatue seines größten Konkurrenten Pompeius, in der Kurie, so-
zusagen vor laufender Kamera. Als ihm die Ersten ihre
Messer in den Rücken rammen, soll auf der gegenüberliegenden Seite eine Fortuna leicht gezuckt haben. Im
Museum Montemartini sind heute zwei Fußfragmente,
der rechte Arm und ein monumentaler Kopf dieser Sta-
tue zu sehen. Der Zeigefinger ist weit ausgestreckt, wie

um das Unrecht dieses Mordes vor der Nachwelt anzu-
klagen.

Zwischen Campo de' Fiori und dem Largo Argentina
steht damals ein großes steinernes Theater, davor befin-
det sich ein Quadriportikus, also ein Gang mit vier Säulen auf jeder Seite, in dem das Publikum in den Pausen
flaniert. Auf einem Ölgemälde aus dem 18. Jahrhundert
kann man das noch erahnen. Man muss sich das Bild
aufs Telefon laden, gegen das Teatro Argentina und das
Hotel Barell halten und in Gedanken alles wegräumen,
was im Weg steht, um zu verstehen, wie sich das Stadt-
bild zusammenfügte. Um den Portikus herum liegt ein
weitverzweigter Wassergarten mit künstlichen Seen,
Brunnen, griechischen Statuen und Pavillons. Direkt
daran schließt sich die Kurie an, das hohe Gebäude, in
dem der Mord geschah. Es könnte wunderbar mild gewesen sein an diesem Tag. Pfeifende Händler an der Stra-
ßenseite, verkaterte junge Adelsgesichter und traumati-
sierte Legionäre im Gleichschritt. Und Caesar zwischen
ihnen, grüßt links und rechts, tritt in den Eingang, geht
zu einem Vertrauten, scherzt, berät, fordert und spürt
plötzlich einen stechenden Schmerz im linken Schulter-
blatt. Ich will mir die Szene genau vorstellen, will seinen
entgeisterten Blick sehen, das Blut zwischen den Fugen –
aber hier und jetzt, gegenüber vom Lufthansa City Center, ist alles nur still und starr vor Hitze.

All cats are beautiful hat einer auf den Balustraden-
rand geschrieben, hinten rechts gibt es eine Auffang-
station für Katzen. Wer sie füttern will, muss eine stei-
nerne Treppe hinuntersteigen. Auf den Stufen liegen sie

träge in der Sonne, fauchen kurz, wenn man ihnen zu nahe kommt. Seit ein Truthahn letztens am Twittern verrückt wurde, ist in der Tierwelt die Skepsis gegenüber den Menschen noch gewachsen. Sie stellen keine Autorität mehr dar, sind ärmliche Witzfiguren, für die sich kein Augenaufschlag lohnt. Die Katzen haben das schon lange verstanden, nur die Hunde wollten immer noch mit ihnen befreundet sein.

Vor dem Parlament zeigen sich die Abgeordneten gegenseitig ihre Prada-Einkäufe. Die Sonnenbrillen verspiegelt, das Jackett über die Schulter gehängt. Schlendernder Gang in Mokassins, barfuß natürlich, frohen Mutes wirken sie, diese Landesvertreter, so gelassen, wie sie in ihre Kammer hineinspazieren. Einen Mülleimer gibt es nicht auf der Piazza vor dem Parlament, denn Abfall ist in der Staatsraison nicht vorgesehen. Drinnen wuseln sie umher wie in einem Ameisenhaufen. Alle telefonieren, tippen und trippeln wild durcheinander. Irgendeiner hält eine Rede zu *Made in Italy:* »*Made in Italy* ist die drittgrößte Handelsmarke der Welt. Eine Politik, die das Abwandern italienischer Unternehmen verhindern will und sich stattdessen für eine Wiederansiedlung einsetzt, muss also in gleichem Maße die Marke *Made in Italy* unterstützen und seine Strahlkraft stärken. Die Rückkehr zur großen Bedeutung der Marke Italien, verstanden als Bezeichnung für etwas, das tatsächlich und vom ersten bis zum letzten Arbeitsschritt in Italien produziert wird, kann so für Unternehmen unseres Landes große Chancen eröffnen …«

Nur der Parlamentspräsident hört müde zu, all die anderen schauen auf ihre Aktienkurse. Später wird über Subventionen für Erdbebenregionen abgestimmt. Die Debatte interessiert niemanden, nur wenn das Wort *votazione* fällt, also Abstimmung, wird es plötzlich ganz still, schauen alle von ihren Bildschirmen auf und lassen sich von ihrem Fraktionschef das gewünschte Wahlverhalten anzeigen – je nachdem, ob der seinen Daumen hoch- oder runterdreht, drücken die Abgeordneten ihre Abstimmungsknöpfe. Vom Kolosseum ins Abgeordnetenhaus hat sich die Geste übertragen, auch wenn die Zeiten andere geworden sind, sie hat ihre Bedeutung bewahrt.

Auf einer der Hauswände nahe des Augustusmausoleums, das Mussolini ausgraben und von faschistischen Verwaltungsgebäuden einfassen ließ, ist seit einiger Zeit wieder eine Inschrift zu lesen, die *Mussolini Dux* für seinen unermüdlichen Einsatz dankt. Lange Zeit war der Name Mussolini unkenntlich gemacht, und nur das Dux stand jedem vor Augen. Aber vor ein paar Jahren hat man sich entschieden, den Namen des Diktators freizulegen. Wie ein Menetekel steht jetzt der Name des Faschistenführers wieder an der Wand. Vielleicht, um den Passanten ein Rätsel mit auf den Weg zu geben: Wie wird man unsere Erinnerung in zweihundert Jahren messen? Wird ein faschistischer Herrscher im Rückblick neben einem gewalttätigen Kriegsführer der Antike oder des Mittelalters vielleicht nur als einer unter vielen gelten?

Fabio kann mit der Frage nichts anfangen und gähnt

unverhohlen. Ich sitze in einem leeren Restaurant in Monti. Als ich vorhin nach einem freien Tisch fragte, beteuerte Fabio, dass gleich noch sehr viele Gäste kämen. Nach ein paar vorgetäuschten Telefonaten ließ er mich trotzdem rein. Der Speiseraum liegt in einem alten Tempelgemäuer, die Kerzen brennen verlässlich, und aus einer gelben Bluetooth-Box in der Ecke klingt leise Musik – sonst ist hier nichts und niemand. Aber Fabio, der Kellner, flüstert immer noch, dass später am Abend eine wichtige Gesellschaft erwartet würde. Er hat mich an einem kleinen Katzentisch neben dem Klo platziert und wiederholt: eine wichtige Gesellschaft. Da sitze ich nun und bestelle mir eine Pizza mit Kapern, aber Fabio kommt immer wieder an meinen Tisch und schaut mir besorgt in die Augen, als ob er prüfen wolle, ob ich ihm seine Geschichte auch glaube.

Irgendwann setzt er sich dann zu mir und gesteht, dass keine Gäste mehr kommen werden. Wir schließen Freundschaft und trinken eine Flasche Rotwein zusammen. Sein Sternzeichen ist Waage, und er schreibt neben dem Literaturstudium Gedichte. »Für die zukünftige Vergessenheit«, sagt er lachend und wischt meine Krümel von der Tischdecke. Etwas unentschlossen erzählt er, dass sein Großvater als Koch in der Villa Torlonia, Mussolinis Wohnsitz an der Via Nomentana, gearbeitet habe. Im Ballsaal des alten Casinos, in dem der Duce dreimal pro Woche für seine Familie und Angestellten Filmvorführungen stattfinden ließ, sei eine Deckenseite mit den Portraits von Dichtern ausgeschmückt: Petrarca, Homer und Dante. Als junger

Mann sei sein Großvater dabei gewesen, als Rudolf Borchardt dort Mussolini bei einer Privataudienz seine Dante-Übersetzung überreichte. Und auch, als der Duce vor den Augen der Weltpresse eine Partie Tennis spielte oder sich eine Fechtmaske über den Kopf zog und mit schweren Ausfallschritten gegen seinen Adjutanten kämpfte. Springreiten mochte der faschistische Führer auch: Im Erdgeschoss der Villa hängt hinten links ein Bild, das ihn mit nacktem Oberkörper auf einem Pferderücken zeigt, wie Putin.

Am Ende des Abends helfe ich Fabio noch, die Stühle auf die Tische zu stellen und das Wachs aus den Kerzenständern zu kratzen – eine Arbeit, für die immer noch kein passendes Werkzeug erfunden wurde. Dann tauschen wir Nummern aus und lachen noch einmal über die Gesellschaft, die so wichtig war, dass sie erst gar nicht erschien.

Auf dem Nachhauseweg sehe ich die junge Frau mit dem Leberfleck wieder. Zufall oder Zeichen? Zwei Mal gildet nicht, beim dritten Mal wird es ernst. Jedenfalls gehört sie ab jetzt zu mir, zu meiner Geschichte von der Stadt. Sie sitzt, diesmal in Jeans und Spaghettiträger-Top, mit ein paar Freundinnen auf der Spanischen Treppe. Ich laufe an ihr vorbei, höre sie reden, kehre um, kreuze noch einmal und setze mich schließlich auf eine frei gewordene Treppenstufe unter ihr. Als die anderen aufstehen, um Bier zu holen, bleibt sie sitzen. Ich drehe mich zu ihr, strecke die Hand aus, um mich vorzustellen, aber sie lehnt sich mit ihren Ellenbogen zurück auf die hintere Stufe und betrachtet mich abwartend. Sie kommt aus dem Norden, aus Udine, arbeitet hier an der Oper, macht eine schlechtbezahlte Kostümbildassistenz. Eigentlich hat sie Tiermedizin studiert und eine Weltreise vor, aber mittlerweile sitzt sie so gerne am Tiber. Keiner verstehe das, sagt sie, aber sie liebe den vielgeschmähten Fluss innig und sei inzwischen auch mit den Ratten recht vertraut. Ihre Freundinnen kommen zurück, quasseln kurz und gehen wieder. Wir bleiben zusammen. Schon nach einer Stunde schlägt sie mir lachend die Hand auf den Rücken und lässt dabei kurz den linken Träger ihres Tops von der Schulter rutschen. Ihr Feuerzeug funktioniert nicht, also laufe ich los, um Streichhölzer zu holen. Die Geste des Feuergebens habe ich schon immer geliebt, weil sich dabei die Hand des einen so nah und schützend um den Mund der anderen legt.

Das Schwierigste an der Liebe sei, sich loszumachen vom stürmischen Augenblick und an die lange flaue Zukunft zu denken, sagt sie später. Auf dem Weg zur Busstation schlägt sie deshalb vor, unsere Hände in die *bocca della verità* zu legen, ein scheibenförmiges Marmorrelief mit Mundöffnung in der Säulenvorhalle von Santa Maria in Cosmedin. Die Hand von Lügnern würde hinabgezogen und abgerissen, prophezeit sie. Zum Glück hatte die Kirche schon geschlossen.

Am nächsten Mittag sitzen wir zusammen am Tiber, sie hat heute frei und gerade keinen Führerschein. Ihren kleinen Fiat haben die Polizisten wegen Trunkenheit am Steuer letzte Woche kurzerhand beschlagnahmt und abgeschleppt. Seit sie in ihrem Leben selber Entscheidungen treffen müsse, habe sie immer Fehlentscheidungen getroffen, sagt sie. Ihren Vater sehe sie nur zweimal im Jahr, ihre Mutter sei Mutter, sonst nichts. Berührung, Empfindung – nicht vorgesehen im Kreis dieser Familie. Geweint werde später, hieße es immer. *Sticks and stones can break my bones, but words can never hurt me.* Sie liegt auf einem Baumstamm am Ufer des Tiber. Die Sonne brennt, das Gras vertrocknet, und wenn der Wind ins Wasser fährt, wird ihre Hose von den Wellen nass. Sie wirkt sorglos, ohne tiefere Anteilnahme. Meinen Blick erwidert sie spöttisch, hin und wieder streicht sie mir die Haare zurück, lässt ihren Atem über mein Gesicht laufen. Aber küssen will sie mich nicht. Sie ist frei und doch verloren, streng und schön zugleich. Sie kommt mir vor wie eine, der die eigenen Worte Schmerzen bereiten, weil sie das Empfinden nicht spiegeln können. Zur Ablenkung berührt sie vorsichtig ihren Bauch oder reißt an den Grashalmen zwischen den Uferplatten. Ich versuche, sie zu unterhalten, erzähle von Kunstwerken und Filmen, von Liedern und Szenen, die auf uns verweisen, uns einander näherbringen sollen. Aber sie springt nicht darauf an, lässt die Köder in der Luft hängen und sagt nur trocken, dass meine Augen zu stechend seien.

Sie will mich nicht küssen, lässt mich nur über ihre Nase streichen und ihre Leberflecke zählen. Dann steht sie plötzlich auf und läuft davon, so als wäre nichts gewesen. Als hätte sie nie das Mädchen am Fluss gespielt, nie die Frau aus der Geschichte sein können: *All die Fenster, all die Tore.*

Die Schöne am Tiber, heiße Sommertage und immer wieder Jovanotti auf der Dachterrasse – davon würde ich Nico gerne erzählen. Ich denke oft an ihn, meinen französischen Freund. Er ist gestorben, kurz vor dreißig, an Krebs. Ich weiß noch, wie er mir am Telefon von seiner Erkrankung berichtete, so als handele es sich dabei um einen weiteren Scherz. Wir hatten zusammen in England studiert und in einem Haus gewohnt, waren fast jeden Abend ausgegangen nach dem Squash. Wir probierten die Pubs aus und erzählten uns Geschichten über Frauen, die nie stimmten, aber immer gut erfunden waren. Und manchmal auf Erfahrungen basierten. Hin und wieder leisteten wir uns ein Steak gegenüber von Kings und tranken zum Abschluss zwei Calva. Er wollte eigentlich Umweltpolitiker werden oder Opernkritiker, nur Chemieingenieurswesen, also das Fach, das er studierte, mochte er nicht. Er schlief oft bis in den Mittag hinein und arbeitete dann nach dem Essen leicht angetrunken weiter bis tief in die Nacht. Wenn ich frühmorgens in den Park zum Laufen ging, brannte das Licht manchmal noch in seinem Zimmer. Er war dabei, eine neue Form von Beton zu erfinden, und hatte gleichzeitig flammende Texte über Bruckners Sinfonien verfasst.

Die Mädchen, die er nach Hause brachte, hat er immer in meinem Bett geliebt. Denn sein Zimmer war zu dreckig und unaufgeräumt. Also tauschten wir für die Nacht die Betten, und ich zog ihm sein altes Zeug ab. Franzosen müssen ein bisschen stinken, sagte er und lachte dabei. Er kochte phantastisch. Am liebsten

Dorade und Tatar. In seiner Nähe fühlte ich mich wie ein kleiner Bruder. Bewunderte ihn für seine Muskeln, seine schnellen Gedanken, seine Unberührbarkeit.

Manchmal denke ich, dass er an meiner statt gestorben ist. Wir standen so sehr auf derselben Stelle, waren vor dem Anfang, bevor man die Dinge zählt. Abendelang stritten wir über Europa, planten die Gründung einer Kommune, einer Akademie oder notfalls auch einer Partei. Einmal haben wir zusammen *Plein soleil* geschaut, und er hat mir den Arm um die Schulter gelegt.

Nico, ich werde ihn nie vergessen. Immer daran denken, wie er einmal aus dem Flughafengebäude kam – das Leinenhemd weit geöffnet, die Schnürsenkel lose – und meine stürmische Umarmung mit einem Lächeln abwehrte. Freundschaft ja, aber ohne Übertreibung. Oder wie wir uns auf Malta stritten, weil ich ihn rechts überholt hatte mit dem Auto seiner Eltern. Eine Demütigung, die er nicht auf sich sitzen lassen konnte. An diesem Abend lernte er seine spätere Freundin kennen, die ihn bis zum Ende gepflegt hat. Unterm Sternenhimmel züngelten sie leidenschaftlich und ohne Rücksicht, drei Jahre später war alles vorbei. Irgendwann kam eine Nachricht auf meinem Handy: *Nico ist eingeschlafen – es tut mir unendlich leid.*

Und jetzt sitze ich in Rom am Fenster und denke an ihn. Wie es wäre, gleich mit ihm zum Essen verabredet zu sein, gemeinsam über die Piazza zu schlendern und Witze zu machen, die eigentlich nicht gehen. Mit ihm war das Leben lustvoll und leichtsinnig, bedeutete das Reden mehr als die Tat. Was bleibt? Ein Bild von zwei Betrunkenen auf einer Sommerwiese, ein Lachen auf dem Beifahrersitz. Und im Winter, wenn der Schnee auf den Steinen liegt, höre ich seine Schritte hinter mir.

Heute ist der 29. Juli. »Die Kunst ist deshalb da, dass man sie sehe, nicht davon spreche, als höchstens in ihrer Gegenwart«, hat Goethe geschrieben, in seinem Tagebuch am 29. Juli 1787. So viel zu den Daten.

In Santa Maria Maggiore, einer der vier Patriarchalbasiliken der Stadt, steht ein junger Mönch in Kutte. Seine Haut ist dunkel, seinen Rücken hält er gerade. Er hat gekämpft, um hier zu sein. Sein Glaube hat ihn weitergetragen. Vielleicht haben manche nur deshalb Angst vor denen, die kommen, weil sie sich Eigenschaften bewahrt haben, die ihnen selbst längst verlorengegangen sind. Denn »von früher her« heißt für sie nicht: »für heute gestorben«. Vielleicht kann am Ende wirklich nur die Religion es mit dem Markt aufnehmen.

In der Borghese-Kapelle ist nichts zu hören außer dem Surren des Ventilators und dem stillen Auf und Ab der flüsternden Lippen. Während die wenigen Betenden hier darauf achten, keinen lauten Atemzug von sich zu geben, erzeugt die unüberschaubare Weite in der Basilika eine unheilige Atmosphäre. Als Marktplatz und Versammlungsort, zum Handeln und Gerichthalten wurde das Gebäude ursprünglich benutzt, bevor es zur Kirche umgewidmet wurde. Angeblich zwanzigtausend Menschen hätten hier Platz gefunden, steht im Reiseführer. Aber das müssten Soldaten sein oder Händler, denn Betende kann man sich nicht gut vorstellen in dieser Zahl. Triumphe kann man hier feiern und Truppen aufmarschieren lassen, aber bekreuzigen will man sich in dieser leeren Weite nicht.

Berninis Grabmal ist auf einer der Treppenstufen oberhalb der Confessio: *Hier ruht er und hofft auf Wiederauferstehung*, lese ich auf der Grabplatte. Der Künstler, der Zeit seines Lebens die prunkvollsten Grabmäler entworfen hatte, muss selbst wie ein Hund oder Hofnarr mit der Treppenstufe vorliebnehmen.

Im Beichtstuhl schräg gegenüber sitzt ein Glatzkopf mit weißen, leicht befleckten Tennissocken. Vor seinem Ohr kniet ein Busfahrer und flüstert ihm seine obszönen Gedanken durchs Gitter. Er kommt immer um diese Zeit, verbringt seine Mittagspause hier und beichtet, während die anderen Kaffee trinken. Er braucht das Ablasskoffein, sonst wird er missmutig. Nach dem Gespräch klettert der Beichtvater mit den Tennissocken aus seinem Stuhl, wirft sich einen Jutebeutel über die Schulter und hängt ein Abwesenheitsschild vor die Tür, als wäre sein Beichtstuhl ein Handwerksladen oder eine Anwaltskanzlei: *Ferien bis Ende August*. Seine Vertretung übernimmt ab jetzt der junge Mönch mit dem graden Rücken. Aber zu dem will der Busfahrer nicht gehen.

Auf dem Weg hinaus kreuzt der Glatzkopf ein junges Mädchen. Als wäre er ein Heiliger oder Popstar, knallt sie die nackten Knie vor ihm auf den Marmor und wirft ihm eine Kusshand zu wie am Kai. Der Glatzkopf wird rot und läuft schneller, aber der kleinen, segnenden Hand entkommt er nicht.

Abends am Kolosseum sitzen ein paar Dutzend Männer im kleinen Schwulenviertel vor der *Coming Out*-Bar. In der einen Hand halten sie den Cocktail, in der anderen das Telefon und warten darauf, angesprochen zu werden. Die, die schon länger da sind, sitzen mit ihren Gin Tonics am Boden, die, die eben erst ankommen, schlendern zwei-, dreimal die Straße auf und ab, um nach ihren Favoriten Ausschau zu halten, sie dann anzublinzeln und bei Erwiderung gleich neben ihnen Platz zu nehmen. Zu mir setzt sich ein blonder Rechtsanwalt aus Lecce. Apulien, sage ich, die Heimat von Friedrich II. Er berührt mich leicht am Knie und sagt: »Lass uns heute Nacht noch zum Castel del Monte fahren. Ich habe ein Auto um die Ecke, kommst du mit?« Ich zögere, träume kurz von einer rasenden Fahrt durch die Nacht, aber dann winke ich doch ab, lasse mir noch ein Glas bringen und gebe ihm eine falsche Telefonnummer.

Am nächsten Morgen finden sie einen Mann wie ihn mit heruntergezogener Hose und getrocknetem Sperma auf dem Oberschenkel in einem Hotelzimmer in Prati. Seiner Verlobten hatte er von einer Geschäftsreise erzählt, in Wahrheit war er mit einem römischen Physiklehrer ins Bett gegangen. Ihm war nur Gutes begegnet in dieser Nacht. Von anderen Welten hatten sie gesprochen und einem neuen Anlauf. »Seid immer trunken, auf nichts sonst kommt es an«, schrieben sie mit Baudelaire ins Gästebuch. Dann fiel der Strom aus, und später schickte man seine Hosen zurück in den Süden.

Im Restaurant verschluckt sich der schwedische Tischnachbar am Fischfilet. Er hustet, stöhnt und krächzt, röchelt und ringt nach Luft, dreht sich auf einmal ungestüm und windet sich vom Stuhl. Seine Frau klopft ihm auf den Rücken, erst leise und lachend, dann schneller und missmutiger, schließlich schlägt sie mit beiden Händen und stößt, als das nicht helfen will, einen spitzen Schrei aus. Ein Kellner stürzt herbei und richtet den Oberkörper des röchelnden Schweden beherzt auf, weitet ihm dabei von hinten die Speiseröhre. Kurz bleibt unklar, ob es jetzt ernst wird oder doch noch witzig bleibt. Dann spuckt der Schwede die Gräte ins Taschentuch und setzt sich zurück zu seinem Weinglas. Eben noch sah er hilflos dem Tod ins Auge, jetzt nippt er schon wieder genüsslich am Chianti. Von Vorsehung will er nichts wissen, höchstens von Schicksal, was eigentlich auch nichts anderes heißt als: »Noch mal Glück gehabt«.

Das Forum wirkt nachts wie ein alter Dinosaurier. Uralt und mit zerbrochenen Gliedern liegt er da, eingeklemmt zwischen den Straßengittern, dem Motoren- und Beatboxlärm, von Scheinwerferbatterien grell angestrahlt, zum Fotografieren mühsam hergerichtet. Er hat keine Kraft mehr in seinen Gliedern, die glasigen Augen schmerzen ihn, und selbst die Erinnerung an seine frühere Größe ist dem Ungetüm fast schon zu viel. Nur ein Meteorit kann ihn jetzt noch aufwecken, ein riesiges Sternengeschoss, das unweigerlich auf die Erde zurast. Noch zweiundsiebzig Stunden bis zum Ende, würde es dann überall heißen, und die Menschen würden wie wahnsinnig hin und her hasten, nicht wissen, wohin mit all ihren Sorgen, ihren Sünden und ihrem Geld. Aber eine kleine Gruppe von ruhigen Rosenkriegern würde sich auf dem Forum treffen, dem einstigen Nabel der Welt. Sie würden die Strahler zerschlagen, sich mit Lapislazuli-Broschen schmücken und ein großes Abschiedsfest feiern. Noch einmal würden sie die Tempeltreppen bevölkern, die Julia-Säulen umarmen, alle Fotografien vergessen und selbst zum Bild werden. Ein Endspiel auf dem narbigen Rücken des alten Trümmertiers, das sich dann gegen Ende erhebt, den Staub abschüttelt und sich für die neue Zeitenwende frisch macht.

Der berühmteste Romhistoriker ist eigentlich Archäologe. An den Wänden seiner Wohnung hängen unterschiedliche Pläne der Stadt und ihrer Umgebung. Bei den Profilkarten kann man mit dem Finger über die Hügel fahren und ertasten, wie unterschiedlich hoch sie sind. Burckhardt stellt er über Ranke und sagt das, als wäre so ein Urteil heute die größtmögliche Provokation. Seine Frau bringt Holundersaft, der Fensterladen quietscht, die Wohnung ist alt. Er ist alt. Die Geschichte ist alt. Wozu also noch Theorieklettereien, wenn doch das Fischen an der Quelle so viel mehr Ertrag bringt. Heute Morgen erst hätte er in den vatikanischen Archiven einen frühneuzeitlichen Gouverneur aus Kap Verde kennengelernt, erzählt er stolz. Der hatte an den Papst geschrieben und um Vergebung für eine Sünde gebeten. *Apostolische Pönitentiarie* heißt eine Institution der ka-

tholischen Kirche, die als eine Art zentrale Gewissens-
verwaltung postalische Ablassanträge aus aller Welt
entgegennimmt. Die Akten dieses kurialen Gerichts-
hofs sind erst seit wenigen Jahren öffentlich zugänglich.
Tausende Briefe wurden in den Archiven gesammelt,
geschrieben von sündenfälligen Menschen, die sich an
Rom wandten, um zu erklären, warum sie trotzdem
gute Christen seien. Was für eine entlastende Wirkung
muss das auf die Seele gehabt haben: ein ehrlicher Sün-
der zu werden durch einen offenherzigen Brief.

Auf der Straße vor der Wohnung des Archäologen
läuft seit Stunden ein Mann barfuß hin und her und ruft
den Passanten ins Gesicht: »*Thank god, we woke up this
morning.*« Die Zähne sind ihm ausgefallen, der Blick ist
schwach, aber dafür hat er einen Vollbart wie Sokrates.
Jetzt lehnt er an einem antiken Mauerrest, reibt sich
den Schweiß von der Stirn und wischt sich die Hände
an den alten heißen Steinen ab. Die schlucken das Nass
begierig, speichern eine Probe für später. Die Steine sind
doch die eigentlichen Großarchivare. Sie waren immer
schon hier, sind ewige Zeugen des Geschehens. Auch
im fünften Jahrhundert lebten die Römer bereits in Ruinen, schauten auf Mauern, die immer anderes umgaben:
Mithraskultorte und Mülldeponie, Kindertagesstätte für
Prostituierte und Bibliotheken – und dann kam ein Erd-
beben, ein Herrscherwechsel, ein Barbarensturm, und
nichts war wie zuvor.

»Und die Mauern riefen sich«, lautete der Titel eines
Buches, das ich einmal auf einem Handtuch am See
liegen sah. Wenn Mauern sich rufen können, warum

schweigen sie uns dann an? Die Wahrheit ist: Wir verstehen nicht einmal die Hälfte von dem, was um uns herum geschieht.

Non vivo che per partire, schreibt Leopardi: Ich lebe nur, um zu gehen. Egal wo ich bin, immer denke ich an ein plötzliches Ende. Stelle mir vor, wie ich mich nachts um halb vier in einer Berghütte an mein Telefon klammere, um den Notarzt zu rufen, und schnell atmend versuche zu erklären, wo genau ich mich befinde. Ich stelle mir eine gelangweilte Koordinatorin am anderen Ende der Leitung vor, die pro Stunde fünfzig Notrufe einordnen und verteilen muss, stelle mir vor, wie sie mich auf meine Zurechnungsfähigkeit hin prüft und mir Ratschläge gibt wie »ruhig ein- und ausatmen« oder »Beine hochlegen«. Aber ich werde immer unruhiger, immer panischer und brülle meine Adresse ins Telefon. Zwanzig bis dreißig Minuten, sagt sie und leitet meinen Notruf zur diensthabenden Bergwacht weiter. Ein Krankenwagen macht sich auf den Weg durch die Nacht, auf halber Strecke werde ich angerufen, und ein Sanitäter erkundigt sich nach der Lage. Draußen ist es finster, tiefste Nacht, Sturm sogar vielleicht. »Sag es ihnen morgen, Großvater«, bittet die Enkelin den Todesboten in Maeterlincks *Interieur*, »am Tag, wenn es hell ist, dann haben die Menschen nicht so eine Angst.« Vielleicht können die Retter mein Telefon orten und fahren zielsicher durch das Dunkel. Vielleicht finden sie mich aber auch nicht, suchen und suchen und lassen ihr Blaulicht umsonst durch die verschneite Landschaft kreisen.

Tiefnachts, wenn ich wach liege und die Sekunden zähle, denke ich daran, stelle ich mir vor, wie es wäre, jetzt in Lebensgefahr zu sein, in diesem fremden Land, in diesem fremden Zimmer, in diesem fremden Bett, mitunter sogar mit fremder Frau an der Seite – was werden sie zu Hause von mir denken, wenn man mich von hier abtransportiert, während sie, eine Fremde, mir die Hand hält.

Gegenüber in der Casa hat sich einmal ein junges Paar umgebracht. Im Januar 1876 haben sich hier ein Polizeiinspektor aus Niedersachsen und seine Stieftochter gemeinsam vergiftet. Ein paar Monate lang lebten die beiden in einer Amour fou zusammen am Corso, dann machten sie ihrem verbotenen Glück ein Ende. Das *Berliner Tageblatt* berichtete damals ausführlich von dem romantischen Doppelselbstmord, beschrieb der heimischen Leserschaft *den entsetzlichen Anblick*, der sich dem Dienstmädchen bot, bis ins kleinste Detail:

Max Schmidt lag im schwarzen Anzug auf den Knien vor dem Bette, Kopf an Kopf mit Luise, die darin lag und die er umschlungen hielt. Beide tot, beide vergiftet! Wie behördlich festgestellt wurde, hatten sie seit etwa zwei Stunden zu leben aufgehört. Auf dem Kamin standen zwei Tassen mit dem Überrest der von ihnen genossenen und mit einer giftigen Substanz vermischten Eier. Luise war in ein weißes Morgengewand gekleidet, ohne Strümpfe, und hatte auf dem Gesichte bereits blaue Flecken.

Nur die Bemerkung *ohne Strümpfe* verwies explizit auf die erotische Dimension ihrer Beziehung, ansonsten wurde der unzüchtige Hintergrund mit keinem Wort erwähnt.

Morgens, wenn ich auf meinem kleinen Balkon unter der Palme sitze und unten im Hof der Brunnen plätschert, denke ich an die beiden. Wie sie sich zwei Monate lang vergnügt haben vor ihrem Selbstmord. Der Polizeiinspektor soll morgens gegen zehn immer eine Zigarette geraucht, den Blick zum Himmel gehoben und sich das Haar zur Seite gestrichen haben – genau so wie ich es jetzt tue, anderthalb Jahrhunderte später.

Daheim – das könnte alles sein, was auf Luises Grabstein steht. Ihr Geist ist heimgekehrt, hat sich nur seiner unnützen Hülle entledigt. Das Grab ist überwuchert, so stelle ich es mir vor, der Stein wirkt spröde. Nicht gepflegt, aber auch nicht verwahrlost, einer anderen Zeit in Rechnung gestellt, könnte man sagen.

Morgens, wenn ich über die Stadt schaue, wie sie sich streckt, ihre Kuppeln gen Himmel richtet und stolz ihren Marmor zeigt, dann denke ich, dass es nichts Stärkenderes geben kann als diesen Blick. Dieses Gefühl, Teil der Jahrtausende zu sein.

Hier sein, hier sein, nur hier sein. Hier bin ich glücklich. Hier habe ich alles. Bin jedermann und doch außerordentlich. Protestant mit römischer Färbung. Abends gehe ich die Bilder meines Auftritts vom Tag durch: Mit offenem Hemd auf dem Forum, mit schwitzender Stirn vor der Pyramide, das letzte Glas auf dem Pincio. Ich lebe in Rom, ich sitze am Fluss, zusammen mit der Schönen aus Udine, deren Hände vom Wasser so rau werden wie die meiner Großmutter. Die Lippen bewegt sie nur langsam, sie scherzt und spielt, aber küssen will sie mich immer noch nicht. Wir gehen zusammen ins Kino, sitzen unter freiem Himmel auf der Tiberinsel und schlagen die Mücken tot. Sie stützt sich auf eine Mauer, ich stehe daneben, Regen kommt. Das mit dem Leben wird schon irgendwie klappen, denke ich.

Unten am Eingang des Corso stehen die Soldaten. Verschlafen müssen sie schon frühmorgens dort mit vorgehaltenem Sturmgewehr die Straßenzufahrt kontrollieren. Im Grunde sind sie nichts anderes als Nachkommen der alten Torwachen. Wenn ich täglich an ihnen vorbeihaste, im Dauerlauf, mit stockendem Atem, stelle ich mir vor, sie grüßten mich als einen Bewohner ihrer Stadt. Schwerbewaffnet wie sie sind, schützen sie nicht nur, sondern repräsentieren auch etwas. Das vereinigte Italien vielleicht, dessen im Pantheon gedacht wird: vor dem Grab von Vittorio Emmanuele II, dem ersten König des Landes, ist ein Gedenkbuch ausgelegt, in dem man sich immer noch persönlich für die Einigung Italiens bedanken kann. Name und Herkunftsland schreibt man in eine Liste, die einem ein königstreuer älterer Herr mit zitternden Händen reicht. Er beteuert, dass er neben den beiden Königen, die schon im Pantheon begraben sind, gerne auch noch den dritten heimholen würde, der im Piemont bestattet ist. Aber dafür sei die Regierung zu republikanisch gesinnt. Beim Wort »republikanisch« hält er sich mit zwei Fingern die Nase zu, so als ob der Begriff einen unangenehmen Geruch verströme.

Gegenüber ist Raffaels Grab. Pietro Bembo schrieb ihm den Grabspruch: *Ille hic est Raphael, timuit quo sospite vinci rerum magna parens et moriente mori* – Hier liegt Raffael, vor dem die Natur sich fürchtete, übertroffen zu werden, als er lebte, und als er starb, hatte sie Angst, mit ihm zu sterben.

Im Park auf dem Pincio, oben über der Stadt, wo ich laufen gehe, drei Runden, jeden Morgen, kommen junge Römerinnen mit ihren Freunden, um zu kiffen und sich zu küssen. Bei allem breitbeinigen Angeben und pornogeschulten Verhalten ist ein junges Paar kurz vor seinem ersten Kuss doch plötzlich so aufgeregt wie eh und je. Sie legt ihre Hand in seine, verschränkt die Finger, zieht ihn zu sich heran und schließt die Augen. Er schaut kurz um sich, streicht sich über die Lippen, öffnet den Mund und stößt dann mit der Zunge zu.

Links vorbei am züngelnden Paar läuft ein Mann mit gewissenszerbissenem Gesicht. Immer wieder hält er sich die Hand an die Nase. Er hat die Nacht zusammen mit einer Schwedin verbracht, einer jungen Mutter, die nach der Geburt ihrer Tochter zum ersten Mal wieder allein in einer fremden Stadt war. Auf der Tanzfläche eines Kellerclubs haben sie sich kennengelernt und Wodka aus der Flasche getrunken. Erst lief nur Mist, aber später kam Elvis, und es gab kein Halten mehr. Zwei Stunden lang tanzten sie miteinander, erst auf Abstand, dann verschlungen, bis ihr das T-Shirt hochrutschte und er ihren Bauch berührte. Was eben noch abgesicherter Lebensraum gewesen war, war jetzt wieder frei fürs Begehren. Jede Viertelstunde hatte er später im Bett auf sein Telefon geschaut. Voller Furcht, dass seine Frau ihn anrufen könnte, während die andere neben ihm lag. Gekommen ist er nicht, hat seine höchste Erregung nur gespielt. Gemäß seiner Abmachung: Alles, nur kein Samenerguss. Mit dem Finger half er stattdessen ihr und roch noch Tage später heimlich daran.

IV.

ICH WAR IM KRANKENHAUS. Plötzlich hörte ich mein Herz nicht mehr schlagen, fühlte Taubheit in der linken Brust. Angst überkam mich. Ich setzte mich auf das schmutzige Straßenpflaster und versuchte, meinen Atem einzufangen. Sprach mir gut zu, »du bist ganz ruhig und entspannt« – aber es half nichts. Also rief ich um Hilfe. Leise erst, dann lauter, schließlich schrie ich in Panik. Die Touristen liefen an mir vorbei und schauten, als sei ich ein Betrüger, einer von denen, die Taschentücher oder Rosen verkaufen wollen oder scheinbar stundenlang auf einem Bein stehen. Die Väter zogen ihre neugierigen Kinder von mir fort, die Mütter schauten betrübt, ein tschechischer Stadtführer machte sogar ein Foto. Aus dem Restaurant gegenüber kam eine Kellnerin und fasste mir an den Hals. Ihre Hände rochen nach Trüffel, ihr Atem war schwer, das erinnere ich noch, und dann sehe ich, wie ich im Rollstuhl von zwei Männern über die Pflastersteine geschoben und im Notdienstwagen auf eine Trage gehievt werde.

Als sich die Schiebetüren schlossen, blickte ich einem bis unters Kinn tätowierten Sanitäter in die Augen, der gleich drauflos erzählte. Dabei klebte er mir die Fühler des EKGs auf den Brustkorb, die sich festsogen wie Nacktschnecken an einem Eimer. Die Maschine begann zu piepen, nahm den Sinusrhythmus auf, hörte den Herzschlag ab. 162 Schläge auf der Systole, 93 Schläge auf der Diastole, Hypertonie Grad 2, notierte der tätowierte Muskelprotz und gab dem Fahrer mit leichtem Kopfschwung den Befehl: »*All'ospedale.*« Das Martinshorn stach in meine Ohren, die Kabine schaukelte, der Fahrer gab zu viel Gas, bremste scharf vor Ampeln oder Schlaglöchern. Während mich der Retter an die Messgeräte anschloss, fragte er mich allerlei Persönliches, um zu prüfen, wie stark mein Herzschlag von äußeren Umständen abhing. Ob ich meine Freundin jemals betrogen hätte, wie meine Großmutter gestorben sei, ob ich mit meinem Urin gurgeln würde und so weiter. Mein Herz machte anscheinend jedes Mal einen ziemlichen Sprung, was ihn diebisch freute. Dann erreichten wir das Krankenhaus.

An den Decken schepperten die Ventilatoren, auf den Böden lagerten die Wartenden. Der tätowierte Sanitäter gab mir einen Klaps auf die Schultern und schob mich auf dem Rollstuhl in ein überfülltes Wartezimmer. Dort saß ich mehrere Stunden, bis ich aufgerufen wurde und mir ein dunkelhäutiger Pfleger etwas Blut abnahm. Kurz darauf saß ich wieder im Warteraum, wo eine Gruppe von alten Asiaten mit Mundschutz eingetroffen war. Ich hielt den Ausdruck meines EKGs in der verschwitzten Hand, mein Telefon war inzwischen ausgegangen und ich allein mit meinem Schicksal.

Später lag ich in einem engen Gang, über mir flackerte

das Neonlicht. Im Zimmer rechts brüllte eine Frau aus voller Kehle, wie bei einer schweren Geburt. Aber die Pfleger liefen vorbei und zogen Grimassen. Wieder die Irre in Koje fünf, keine Zeit für Wahnsinnige. Mich fuhren sie in ein Zimmer auf der anderen Seite. Da lag ein englischer Schauspieler mit einem Geschwür an der Bauchspeicheldrüse. Die Ärzte in London hatten den Krebs nicht gesehen. Bei einem Gastspiel in Rom war er zusammengebrochen und in die Notaufnahme gekommen. Keine Aussicht mehr auf Heilung, nur noch Hoffnung auf weniger Schmerz. Fünfzehn Kilo in fünfzehn Tagen hatte er hier abgenommen, nichts konnte er mehr bei sich behalten. Während draußen die Operationsliegen gereinigt wurden, dachte er an seine Rollen und wie er seine schneidende, wehrhafte Stimme einmal im Radio gehört hatte, mitten auf der Autobahn. Jetzt brachte er zwischen den Schläuchen keinen Laut mehr aus dem Mund hervor. Ich erzählte ihm von Bachmann. Dass sie vielleicht in einem ähnlichen Zimmer gelegen hatte mit ihren schweren Verbrennungen. Drei, vier Wochen lang wurde sie künstlich ernährt, dann hatte man sie einschlafen lassen.

Sie wollten mich über Nacht dabehalten, doch irgendwann hielt ich die Schreie und das ironische Geflüster der Pfleger nicht mehr aus. Am frühen Morgen riss ich mir die Kanüle vom Arm und rannte auf die Straße, sprang ins nächste Taxi und fuhr raus ans Meer, nach Ostia. Aus dem Beifahrerfenster sah ich überfahrene Hunde am Straßenrand. Alte Frauen lehnten mit halbem Oberkörper aus dem Fenster, schmutzige Kinderhände waren unter einem Rollladen eingeklemmt, Plastikfetzen hingen im Stacheldrahtzaun. Je weiter wir durch die Vorstadt fuhren, desto lauter läuteten die Glocken. An der Ampel wurde mit Fackeln jongliert, und als wir nichts gaben, schleuderte uns der Straßenjunge den brennenden Stock hinterher. Und weil es schon wieder so heiß war, fingen die Scheibenwischer Feuer, und so fuhren wir brennend weiter ans Meer. Es war kurz nach 5 Uhr morgens, als wir ankamen, ein erster Sonnenschein lag auf dem Wasser, und leere Weinflaschen schepperten gegeneinander im Wind. Ein Trinker übergab sich vor einem Garibaldi-Denkmal. Ich setzte mich auf die Kaimauer und zog mir die Schuhe aus. Noch heute vergeht kein Tag, an dem ich nicht daran denke, wie es sein kann, dass wir nicht wissen, was kommt, wenn wir gehen. Einst wollte die Romantik uns glauben machen, dass wir durch die Kunst zu unserer Kindheit zurückfinden. Dass das die beste Vorbereitung sei auf den Tod. Heute lassen wir uns erzählen, dass es beim Vorlesen auf die richtige Betonung ankomme. Und noch immer haben wir keine Antwort auf die Frage: »Ist mein Leben geträumt oder wahr?«

Auf dem Rückweg riss ich mir einen Knopf vom Hemd und legte ihn auf den Boden, dorthin, wo Pasolinis Leiche gefunden wurde. In einem Interview kurz vor seinem Tod hatte er von Wörtern wie »Knöpfen« gesprochen, von ihrer Schönheit und Ausdruckskraft.

Erst kurz vor dem Einschlafen, zurück in meinem Zimmer, kamen mir noch einmal die Bilder vom Krankenhaus in den Kopf: Das fahle Licht auf den Gängen, das Warten, das dort länger dauert als anderswo. Es ist, als ob die Angst, die so viele Menschen hier schon gepackt hat, einen lähmenden Abdruck in der Luft hinterlassen hätte. Als ob die engen Wände näher kommen würden mit jedem Atemzug. Der berühmte Schauspieler und die brüllende Irre sind beide noch in derselben Nacht gestorben. Es stand in der Zeitung am übernächsten Morgen, zumindest vom Tod des Schauspielers wurde berichtet, denn er hatte Churchill gespielt. Und Churchill kannten die Leute. Aber das half ihm nichts mehr, als der Tod durch die Tür trat, im weißen Kimono, mit gelben Schuhen und einem blauen Bluterguss auf der Stirn. Kurz schielte er auf die sinkenden Werte, dann legte er dem Schauspieler seine kühle Hand auf die Schläfen und schickte ihn fort, hinaus auf die offenen Felder.

Am nächsten Morgen gehe ich nicht laufen, sondern bleibe zu Hause und ziehe lustlos an den Therabändern über der Türklinke. In der Bibliothek der Casa di Goethe treffe ich später einen jungen Hilfswissenschaftler, der mit der Katalogisierung von Büchern beschäftigt ist. Vor ein paar Jahren wurde hier eine Forschungsstelle geschaffen, um die verlorenen Bücher des deutschen Künstlervereins wieder zusammenzuführen. Von 1845 bis 1915 hatte die Vereinigung existiert und eine eigene Literatursammlung angelegt. 1915, mit dem Eintritt Italiens in den Ersten Weltkrieg, wurde der Verein geschlossen. Im Krieg fiel die Bibliothek auseinander, manches wurde beschlagnahmt, anderes übernommen, aber jetzt stehen sie wieder dicht beieinander, die alten Bücher, und erzählen sich nachts heimlich ihre Geschichten. Vorn am Fenster wacht eine Büste von Wieland, dahinter zwei Feuerlöscher. Der Hiwi studiert Philosophie und vermisst seine Freundin in Flensburg. Wir essen gemeinsam zu Mittag, draußen auf der Straße. Über uns bricht ein Gewitter los, wir kaufen billige Schirme und bleiben im Regen sitzen. Die Tropfen schlagen hart auf die Steine. Wohin fliehen jetzt wohl all die Händler, die Taschenverkäufer, Wasserträger, Rosenanbieter? In was für Räumen sammeln sie sich? Gibt es da ein Badezimmer? Ein Kreuz? Eine Inschrift am Fensterbrett? Ich frage den Philosophen. Er weiß es nicht, erzählt nur, dass sie ständig von irgendwelchen Aufpassern beobachtet werden. Dass sie nicht sprechen dürfen, nur verkaufen sollen. Einmal habe er einen Schlüsselanhänger erstanden, nur um den Händler nach seiner Lebensgeschichte zu fragen. Aber der habe nur kurz geblinzelt, das Geld genommen und sei fortgelaufen.

In der Stadt gibt es das Gerücht von einem jungen Sozialarbeiter, der den Obdachlosen im Winter Decken brachte. Später fand man ihn am Ufer des Tiber, ohne Zunge und Brustwarzen, mit zerschnittenen Backen und Glasscherben im Ohr. Die einen sagen, es sei die Mafia gewesen. Die anderen geben den Rumänen die Schuld. In jedem Fall gilt es als Warnung, sich nicht in Angelegenheiten einer Welt einzumischen, deren Gesetze man nicht versteht.

Ich sitze auf einer Steinbank auf dem Accatolico, dem protestantischen Friedhof, wo August der Trinker unter einem Stein begraben liegt, der seinen Namen nicht nennt. *Goethe filius* ist alles, was der Dichter seinem missratenen Sohn an Ehrung zubilligte. Zu seiner Beerdigung war er nicht erschienen, und auch, ob überhaupt je am Grab stand, ist nicht überliefert. Ich schlendere über die sonnenbeschienene Todesstätte, vorbei an rostigen Gießkannen unter Pinien und Eidechsen auf dem Rücken stürzender Marmorengel. Tue so, als ob ich dazugehöre. Noch ein Fremder mit Hoffnung auf einen ewigen Zweitwohnsitz. Besitzanspruch qua Tradition. Und dann stelle ich mir vor, wie jetzt gerade gleichzeitig in Kleinmachnow ein Selbsthilfekurs für Agoraphobiker stattfindet. In einem Mehrzweckraum mit klebrigem Laminatboden, Buntstifte und Papierbogen liegen auf dem Tisch, dazu wird O-Saft im Tetrapak herumgereicht. Eine blondierte Kurzhaarige wirft einen Plüschball in die Runde und sagt: »Vorstellen bitte.« Das ist ja das Seltsame, dass das alles zur selben Zeit geschieht. Dass die einen weinen, während die anderen jubeln, draußen Streichhölzer verkauft werden, während sich drinnen vor dem offenen Kamin noch einmal lustlos geliebt wird.

Hier, wo alles aufhört und alles beginnt steht auf einem Grabstein hinten links. Es kann ja auch nicht sein, dass es nur aufhört, es muss auch etwas beginnen, sonst wäre ja – frei nach Schelling – alles nichts, und das ist nicht denkbar. Schräg gegenüber ragt eine Pyramide empor, die von einem spätrepublikanischen Politiker gebaut wurde, über den man wenig weiß – Gaius Cestius. Vor ein paar Jahren ist sie von einem japanischen Modeimporteur mit privaten Mitteln wiederinstandgesetzt worden. Zwei Millionen Euro hat Mister Yuzo Yagi gezahlt, um sich bei Italien für seine schönen Schnitte zu bedanken, die er bei sich zu Hause meistbietend verkauft.

Schräg davor wird an ein *schönes Herz* erinnert: Wolf Carl Friedrich Freiherr von Reitzenstein liegt hier am Fuß einer alten Zypresse begraben, in deren Geäst die Zikaden ihre chorischen Versammlungen abhalten. Unweit von ihm entfernt liegen Chirurgen, Hochalpinisten, Botaniker und Historienmaler, ein NDR-Korrespondent, der sich für Hitler begeisterte, und natürlich Keats. John Keats, der sich seinen berühmten Grabspruch selber schrieb: *Von einem, dessen Name in Wasser geschrieben wurde.* Die Grabplatte wird ehrenamtlich von englischen Rentnerinnen gepflegt, aber die geschnörkelte Typographie ist selbst den Katzen zu niedlich. Shelley dagegen ruht versteckt am Fuß eines alten überwucherten Wachturms, unter den Resten eines Tonnengewölbes. Überall stehen Verbotsschilder, die davor warnen, die eigene Asche auf dem überfüllten Totenboden zu verteilen. Aber wer kann verhindern, dass ich in mein Testament schreibe: Füllt meine Überreste in eine alte Cognacflasche und werft sie nachts um halb drei kreischend über die Friedhofsmauer. ,

Vor einer Tankstelle, später, auf dem Weg zum Caelius-Hügel, sehe ich einen alten Mann mit gefalteten Händen auf einer umgedrehten Bierkiste sitzen. Auf dem Kopf hat er ein weißes Käppi mit dem Schriftzug Italia. Immer wenn ein Auto an die Säule fährt, springt er auf und bietet hoffnungsvoll lächelnd seine Hilfe an. Aber die Fahrer steigen gleich selbst aus, schieben ihn zur Seite, um die zwei Euro Trinkgeld zu sparen. Er lässt es geschehen, krempelt langsam die Ärmel seines verschwitzten Karohemdes hoch und schaut in die Ferne. Bei Taxifahrern versucht er es gar nicht erst, zu oft haben sie ihn beleidigt, ihm auf die Finger geschlagen.

Wie wohl die Welt durch seine Augen aussieht? Welche Vergangenheit für ihn zählt? Was weiß er vom Leben, auf welcher Seite schläft er, von welchem Geräusch wacht er auf? Wo sitzt er abends, wenn die Sonne untergeht, welche Berührungen mag sein Körper, worüber lacht er am liebsten? Gibt es Wahrheiten für ihn, die ich nicht kenne, Ratschläge, die ich nicht verstehe? Ich lasse ihn zurück in der Hitze, 40 Grad, wende mich ab, kehre zurück zu meinem Leben. Ich werde ihn nie wiedersehen, diesen stolzen Tankstellen-Mann, aber dieses eine Mal habe ich ihn gekannt.

Eigentlich müssten meine Pupillen in Rom groß werden wie Luftballons, so viel wie in meine Augen dringt. Der Winkel ist nicht weit genug, um alles zu fassen. »Ach, dass mein Sinn ein Abgrund wär und meine Seel ein weites Meer.«

In der Basilika San Clemente, die irische Dominikaner führen, gibt es eine Kapelle zu Ehren der heiligen Katharina. Fresken zeigen die Phasen ihres Martyriums, beginnen mit der Legende, nach der sie in Anwesenheit des Kaisers Maxentius eine Gruppe von römischen Rednern zum Christentum bekehrte. Da steht eine zierliche Frau vor zwei Reihen schwergeistiger Männer und zählt Finger für Finger die Argumente auf, die für ihren Glauben sprechen, beweist die Existenz Gottes, und die Intellektuellen tun das, was ihnen ihr Name aufgibt: sie »sehen ein«.

Eine Etage tiefer zeigt ein Fresko den heiligen Alexius von Edessa, Sohn eines römischen Senators, der sich, frischvermählt, von seiner Frau trennte, um Eremit zu werden. Nach zehn Jahren Einsamkeit kehrte er zurück, klopfte an die Tür seines Hauses, aber weder der Vater noch seine Frau erkannten den verlorenen Sohn. Also ließ er sich als Sklave anstellen, arbeitete schwer im eigenen Haus, schlief unter der Treppe, kniete vor seiner Frau, um ihr die Zehennägel zu schneiden. Ohne dass sie seinen Atemzug erkannte, ohne dass sein Blick sich in ihrem gespiegelt hätte. Nach den zehn Jahren Wüste war das die eigentliche Prüfung, und am Ende, als er im Sterben lag, schrieb er die Auflösung seines Geheimnisses auf einen Zettel, den er im Todeskrampf so fest in der Faust behielt, dass niemand sie öffnen konnte. Erst als der Papst – andere sagen der Kaiser – kam und seine Hand anhauchte, ließ er locker und enthüllte seine wahre Existenz.

Am Abend: Spaziergang mit der Schönen vom Tiber, in Pietralata, einer *Borgata* im Nordosten der Stadt. Der süßliche Geruch überquellender Mülltonnen sticht in die Nase, die Menschen ziehen sich Plastikhandschuhe an, um ihren Abfall zu entsorgen. Nur einmal im Monat wird er abgeholt, bis dahin kümmern sich die Ratten darum. Hier stehen die Männer mit nacktem Oberkörper hinter der Gardine und lassen den Blick über die Piazzetta schweifen, die quadratisch zwischen den Wohnblocks liegt. Nachts treffen sich dort Dealer und Liebespaare, schlaflose LKW-Fahrer und Demenzkranke mit weichen Knien. Denn nachts können die Fenstersteher sie nicht sehen, nachts kann man hier noch die Hunde miteinander kämpfen lassen – *amores perros*, bis einer stirbt.

Vor einem Monat ist die Tiber-Frau hierher umgezogen, weil der Mitbewohner in der letzten Wohnung sie beleidigt hatte, erzählt sie und streicht über ihren Leberfleck an ihrer linken Wange. Ihre kratzende Katze hat sie mitgenommen und isst seitdem nur Gemüse. Das Land, die Politik, die Kultur – eine *crisi totale*, und doch möchte sie nirgendwo anders mehr leben als hier. Wir laufen die Via Tiburtina entlang. Sie hört meinen Plänen und Schwärmereien zu, nickt und verbessert mich hier und da sprachlich, kichert, wirft die rotbraunen Haare zurück. Sie spart sich das Konzertticket von der Miete ab, trinkt Wasser statt Eiskaffee, bewirbt sich in der Oper auf alles, verfasst Briefe, bittet um Anhörung – aber nichts will ihr wirklich gelingen. »Du wirst deine ›Römischen Tage‹ schreiben«, sagt sie lachend, »und ich gehe hier ein, während du träumst.«

V.

EINE KONFERENZ ZUM THEMA »Kindheit«, abgehalten auf einem Landgut vor den Toren der Stadt. Mich hatten sie als kritischen Zuhörer eingeladen, ohne besondere Pflichten. Ein römischer Industrieller, der sein Geld lebhafter benutzt wissen wollte als auf einem Schweizer Bankkonto, hatte eine Gruppe von Akademikern und Künstlerinnen für einen Tag auf sein Anwesen gebeten. Wir wurden großzügig empfangen und bewirtet. Manche hielten Vorträge, andere zeigten Bilder von Kunstwerken, eine junge Drehbuchautorin zog sich die Hose aus, um die gesellschaftliche Rollenerwartung an sie als Mutter ironisch zu unterlaufen. Es war ein schöner Tag im Nirgendwo, zwischen den Sektionen gab es Kaffee im Garten und später auch Tramezzini und gekühlten Weißwein an der Bar. Nur bei den Mal-Workshops bekam ich Beklemmungen und verzog mich mit einem schwarzen Linguisten auf eine Bank hinter den Pool. Er erzählte mir, dass er in der Grundschule von seiner Musiklehrerin zum Flötespielen gezwungen worden sei. Weil er nicht üben wollte und daher nur fiepende Töne zustande brachte, habe sie ihm oft die Flöte aus dem Mund genommen und die richtige Melodie vorgespielt.

Wenn sie ihm dann das Instrument zurückgab, klebten Reste von rotem Lippenstift am Mundstück und alles roch nach Knoblauch. Deshalb sei er später vom Musik- in den Kunstunterricht geflüchtet, aber auch da unglücklich gewesen. Zum gegenständlichen Zeichnen fehlte ihm die Begabung, und seine Verweise auf Jackson Pollock hätten auf den Lehrer keinen Eindruck gemacht. Wegen der schlechten Erfahrung mit Musik und Malerei habe er sich dann mit der Sprache angefreundet und sei Linguist geworden, sagte er lachend und strich sich dabei mit der flachen Hand über die Schulterblätter.

Am Anfang verstanden sich alle gut. Ein alter Philosoph aus Turin saß in einer Hängematte und erzählte von früher. Eine mexikanische Schauspielerin imitierte berühmte Filmmonologe, Kinder liefen glucksend umher und verteilten Knete. Die Vorträge waren passabel, gefragt wurde wenig, diskutiert nie. Viel teilnehmende Beobachtung. Alle freuten sich aufs Abendessen, ein berühmter Koch sei engagiert worden, hieß es, gegessen werde unter freiem Himmel.

In der letzten Kaffeepause des Tages gab ein angetrunkener Schriftsteller aus dem Süden einem Mailänder Literaturkritiker wie aus dem Nichts eine schallende Ohrfeige. Vor einiger Zeit hatte der kritisch über das neuste Buch des Schriftstellers geschrieben, sich dabei auch süffisante Zwischenbemerkungen über das literarische Nord-Süd-Gefälle erlaubt. »Du dreckige Ratte«, brüllte der Schriftsteller dem Kritiker vor versammelter Tagungsgemeinschaft ins Gesicht und spuckte ihm vor die Füße. Für einen Moment standen alle schockiert da und wussten nicht weiter. Viel war auf der Tagung über Sexismus, Rassismus und Kolonialismus gesprochen worden: eine kongolesische Schriftstellerin hatte auf die Bringschuld des Westens verwiesen, eine feministische Hip-Hopperin sich »Frida Kahlo der Straße« genannt. Aber jetzt als der Schriftsteller unangekündigt zuschlug, fiel dazu aus dem Stand niemandem eine These ein. Blackout der sauberen Denker. Man ging verstört auseinander und entschloss sich, die Sache als Zwischenfall abzutun.

Gekocht wurde von einem norwegischen Sternekoch mit seinen acht Küchengehilfen, überall brannten Feuer, wurde Fleisch gebraten und Lachs geräuchert. Der Koch stand in einem leinenen Sommeranzug dabei und ließ sich von den Gästen fotografieren. Nur ab und zu warf er ein Holzscheit in die Glut und gab seinen Angestellten Anweisungen aus der Ferne. Die Sonne ging langsam unter, ein Gong ertönte, und wir nahmen an einer kerzenbeschienenen Tafel unter Weinreben Platz. Die Abendluft war feucht, die Mücken kamen in Geschwadern und stachen in jede nackte Haut.

Zu Beginn gab es Gazpacho mit gerösteten Schweineohren, und der Starkoch hielt eine Rede, erzählte von seiner Kindheit in einfachen Verhältnissen, von Häusern, die nur mit Kaminfeuer geheizt worden seien und von seiner Zeit als Rinderhirte. Zwischen den ersten beiden Gängen sollte der alte Philosoph aus Turin ein Schlusswort sprechen und die Beiträge des Tages zusammenfassen. Zunächst gelang ihm das auch, er sprach allgemein, machte geistreiche Anspielungen, zitierte Laotse. Aber dann, circa in Minute zwölf, sprach er sich gegen Abtreibung aus. Erst wurde gehüstelt und vornehm gelacht, dann wurden Teile der Tafel unruhig. Als er dann die anwesende Drehbuchautorin noch rhetorisch fragte, wie sie als Frau, er sagte »elegant lady«, ihre natürliche Rolle als Mutter so leichtfertig lächerlich machen könne, lief die Situation aus dem Ruder. Nach und nach erhoben sich immer mehr Gäste von der Tafel und fanden sich in einiger Entfernung in Grüppchen zusammen.

Zunächst gab sich der Philosoph davon unbeeindruckt und fuhr mit seiner Rede fort, als wäre nichts gewesen. Aber als dann das verbliebene Publikum zu zischen anfing und der gastgebende Industrielle sich am Ende der Tafel erhob, verstummte der Festredner und ließ sich zurück auf seinen Stuhl fallen.

Der Starkoch versuchte, die Stimmung mit einem Witz über Meilen sammelnde Lachsfamilien und anschließendem Verweis auf den Hauptgang zu heben – ohne Erfolg. Fast alle jüngeren Tagungsteilnehmer hatten inzwischen die Tafel verlassen, nur ein paar ältere Professorinnen und einige angetrunkene Galeristen hielten die Stellung. Der Philosoph verstand nicht, wie ihm geschah. Eben noch freundlich umringt in der Hängematte, wollte auf einmal niemand mehr etwas mit ihm zu tun haben. Innerhalb von ein paar Minuten hatte er sein ganzes Ansehen verspielt. Jetzt war er nur noch weiß und alt und roch nach Schweiß.

Ich beobachtete das Geschehen aus einiger Entfernung, hatte mich zusammen mit dem Linguisten auf einen künstlichen Baumstamm gesetzt und ließ mir die Vorgänge von ihm kommentieren wie ein Fußballspiel. Wenig später forderten einige Gäste den alten Philosophen zu einer öffentlichen Entschuldigung auf. Die Gesellschaft trat zurück an die Tafel und drehte gespannt den Kopf nach rechts, wo der Mann saß und sich den Wein aus den Gläsern in seinen Wasserbecher schüttete. Nach einer Weile erhob er sich räuspernd von seinem Klappstuhl. Er habe niemanden verletzen wollen, flüsterte er, seine Ansichten seien von gestern, er selbst fühle sich wie ein altes Eisen, das man ins Feuer legen sollte. Zufriedene Blicke wurden gewechselt, sich mit den Fußspitzen am Schienbein gekratzt und entschieden, ihn damit davonkommen zu lassen.

Spontan verabredeten sich ein paar Frauen zum Nacktbaden im Pool, und während sie dann hinter der Hecke jauchzend ins Wasser sprangen und die zerstochene Haut kühlten, standen wir anderen mit den Mücken am Feuer und löffelten Halloumi-Kompott auf Preiselbeeren. Wenig später stolperte der Philosoph durch den Garten zur Hauptstraße vor, um ein Taxi zu finden. Alle hatten wir uns von ihm abgewandt, niemand wollte beim Abschiednehmen mit ihm gesehen werden. Der Himmel war klar und sternenlos, und Champagnerkorken flogen zu uns über die Hecke. Ich verabschiedete mich vom Linguisten und lief zum Ausgangstor. Rechts davon hockte der ausfällig gewordene Schriftsteller vor einer Wodkaflasche und röchelte. Das rote Kreuz, das er sich vor ein paar Monaten auf die Brust hatte tätowieren lassen: speichelverschmiert. Die

Fangfrage, was seinem Dafürhalten nach schützenswerter sei, das Alter oder das Geschlecht, konnte er nicht beantworten. Zigaretten hatte ich keine mehr, deshalb riss ich mir aus einem Werbeprospekt eine Seite heraus, rollte das Papier zu einem Stängel zusammen und tat so, als würde ich rauchen.

Aus der Ferne konnte man dann später das Feuer lodern sehen und ahnen, wie die Funken in dieser trockenen Augustnacht bis ins Entree der Villa geflogen waren, dort erst die Wandteppiche entzündet hatten und dann innerhalb von Minuten das ganze Haus, Stockwerk für Stockwerk, in Flammen setzten. Verzweifelt versuchten die Angestellten, wenigstens die Rothkos zu retten, aber sie brachten nur noch verkohlte Farbfetzen ins Freie. Die Frauen hatten sich wieder angezogen und verabschiedeten sich leise. Der Koch war auch längst schon abgefahren. Nur der Schriftsteller und der Industrielle standen zitternd vor dem brennenden Landgut und schworen sich die Treue. Und auf einem kleinen Hotelbalkon irgendwo in Rom saß zur gleichen Zeit der ratlose Philosoph und schaute in die Tiefe.

VI.

MITTE AUGUST. Plötzlich ist die Stadt voller bayerischer Pilgertouristen, die in Bussen heranrollen und singend durch die Straßen ziehen. Der Sommer verausgabt sich, fünfunddreißig Grad im Schatten, noch vor zehn Uhr morgens. Der Asphalt wird weich und bleibt an den Schuhsohlen kleben. Im Sportclub der R A I ziehen die Chefredakteure mit Badehaube ihre Runden und betrachten die Welt aus der Rückenlage. Unten, hinter einer Böschung, fließt der Tiber träge vorbei, man kann sich Kanus ausleihen und mit den Wasserratten um die Wette fahren. Die Sonne sticht unerbittlich und spiegelt sich in den beschichteten Sonnenbrillen – hier im Club fänden Affären nur selten statt, zu viel Familie, zu wenig Grandezza, sagt die Nachrichtensprecherin auf der Liege neben mir und erzählt von ihrem Vorgesetzten, der sie gleich bei ihrem ersten Treffen aufs Hotelzimmer eingeladen und ihr eine einflussreichere Position gegen Sex angeboten habe. »In jedem italienischen Mann wohnt irgendwo ein kleiner Berlusconi«, sagt sie seufzend. Als ob dieser viagraabhängige Zwerg mit dem ferngesteuerten Vulkan im Garten wirklich zum Mythenmann taugen würde. Die Nachrichtensprecherin und ich gehen in die Kantine zum Mittagessen. Die Pasta wird auf Plastiktellern serviert, wir essen mit Plastikbesteck, trinken aus Plastikbechern und schmeißen den Abfall in Plastiktüten – kein Wunder, dass das Meer sich von uns verraten fühlt und hin und wieder über die Ufer tritt, um sich zu rächen.

Die Nachrichtensprecherin ist kurz vor fünfzig, hat zwei Kinder und einen Kameramann an ihrer Seite, der die *Cinque Stelle*-Bewegung wählt. Plastikgeschirr erleichtere die Arbeit im Haushalt und emanzipiere die Frau, sagt sie, kein demütigender Moment am Abwaschbecken, während der Mann schon mit Bierflasche vor dem Fernseher sitzt. Sollen die europäischen Kommissare doch schimpfen, dass Italien dadurch hinter den ökologischen Standards zurückbleibe. Immerhin sei die EU ja keine Besatzungsmacht, der man untertänig gehorchen müsse. Die harschen Worte gehen ihr leicht über die geschwungenen Lippen. Auf ihr Knie setzt sich ein Schmetterling.

Ich versuche eine Gegenrede. Schwärme von Europa als alter Traumfabrik mit dem sechsten Zeh, die Hoffnung macht auf eine höhere Ordnung, zusammenhält, was unter der Hand zu zersplittern droht. Ich stelle ihr Europa als eine große Ausstellung vor, durch die jeder für sich, ohne Führung, schlendern kann, in der Kunst- und Bauwerke, Sprachen und Schriftstücke, Plätze und Flüsse, Gesten, Gesichtsausdrücke und Denkweisen in ihrer Eigenart präsentiert werden. Und dann nenne ich Europa noch ein Sanatorium für betrogene Herzen. *Seelenreinigung* stünde über dem Tor, *Wiederverzau-*

berung am Klingelschild. Aber sie kann mit meinen Metaphern nichts anfangen, streicht sich die Haare zurück und fragt, ob wir noch einmal schwimmen gehen wollen.

Montemartini – das alte Elektrizitätswerk an der Via Ostiense, 1912 in Betrieb genommen nach einem Bürgerentscheid, diente zeitweilig zur Beleuchtung der halben Stadt. Sein Erbauer, der sozialistische Ökonom und Sozialreformer Giovanni Montemartini, wollte das elektrische Straßenbahnnetz ausbauen und hielt während hitziger Parlamentsdebatten Reden zur Lage des katastrophalen Busverkehrs. Oft zeigten die Busse der Stadt keine Nummer an, man musste raten, wer wohin fährt. Ohne Federung rasen sie noch heute über die zerklüfteten Straßen, umkurven die Schlaglöcher oder krachen in sie hinein. Die Fahrgäste sitzen verkrampft wie in alten Postkutschen und hoffen, dass das Rad nicht gleich wieder bricht. Und auf den Werbungen an den Wänden werden wie überall Probanden für ein neues Mittel gegen Schuppenflechte gesucht.

Jedenfalls hatten die vielen Verhandlungen mit privaten Unternehmern und politischen Ideologen Montemartini mürbe gemacht. Auf dem Höhepunkt einer stürmischen Rede während einer Sitzung des römischen Stadtrats bekam er eine Herzattacke und brach in einer Aula mit dem schicksalhaften Namen *Julius Caesar* zusammen. Das nach ihm benannte Elektrizitätswerk wurde Mitte der sechziger Jahre geschlossen. Ende der Neunziger wurde es als Museum wiedereröffnet. Alte

Maschinen stehen hier antiken Skulpturen aus der kapitolinischen Sammlung gegenüber.

Im ersten Stock sind vor einem pechschwarzen Dieselmotor ein Dutzend weiße römische Statuen aufgereiht wie im Bataillon. Sie schauen skeptisch auf ihren historischen Nachfolger, murmeln überheblich: »5000 kW, was heißt das in Provinzen?« Ein brustgepanzerter römischer Offizier verzieht das Gesicht und streckt dem Industrielöwen fragend seine linke Handfläche entgegen, so als wollte er schmunzelnd fragen: »Das also soll Stärke sein?« Vorn an der Spitze des kolossalischen Motors steht ein kopfloser Krieger, die Beine zum Ausfallschritt gespreizt, allzeit bereit, sich zu schlagen. Und doch ist er hier nichts anderes mehr als eine Galionsfigur, ein bisschen weiße Unschuld im Schatten der schwarzen Größe.

Mit den geschlungenen Röhren und vielen Nieten, ihren messingbesetzten Abzugshauben und langen Eisenstäben wirken die Maschinen wie erstarrte Organismen. Es muss nur der Richtige schnipsen, dann legen sie gleich wieder los, schnaufen und stampfen, gehorchen und erzeugen. Sie sind auch schön. Mit ihren unzähligen Anzeigen und Druckmessungen, den vielen Steuerungseinheiten und Notaggregaten zeigen die Maschinen an, was der Mensch gern geworden wäre: ein absoluter Herrscher. Der Traum ist derselbe, den hat schon Hektor geträumt, aber der Druck war gestiegen – also brauchte man mehr Ventile.

Als Erinnerung an die Leichtigkeit früherer Tage steht eine Büste von Antinoos im Raum, Hadrians Geliebtem, der noch als Junge im Nil ertrank – seine Züge zeugen von einem verspielten Charakter, sind bewegungssüchtig, risikobereit. Links neben ihm fällt der Blick hinab ins Getriebe, wo sich einst alles quietschend drehte, wo, einmal zum Laufen gebracht, die Räder nie mehr stillstehen durften. Die Menschenarme an den Apparaten fühlten sich stark, weil die Maschinen unten kein Lachen kannten. Keinen Widerspruch.

Vor der ehemaligen Heizanlage lehnen symmetrisch zwei nackte Jünglinge nebeneinander an einem Baumstamm. Die Beine haben sie lässig übereinandergeschlagen, die linke Pobacke entspannt, an ihren Füßen frisst eine Gans. Zwei Pothos-Statuen, denen die Sehnsucht nach freier Liebe ins Gesicht geschrieben steht, das Hoffen auf einen Tag, der nie kommen wird. Als ob Geschichte nur Fortschritt sei ... 1940 sind die beiden Statuen bei Bauarbeiten für einen U-Bahn-Schacht gefunden und aus ihrem Schlammbett gezogen worden. Jetzt stehen sie hier, zum Schauen bestellt. Zur Einsicht gezwungen: »Wir sind nie modern gewesen.«

Auf der Rückfahrt beobachte ich in der U-Bahn einen Enddreißiger mit Bauchansatz. Die Haare sind ihm schon licht geworden, die Koteletten lässt er sich dafür umso länger stehen. In der ausgebeulten Jeanstasche hinten steckt die Gartenzeitung, die Pfefferminzbonbons hat er in einer 7-Tage-Tablettenbox vorsortiert. Als ich einsteige, sitzt er noch unruhig zwischen zwei Turnschuhträgern und versucht unauffällig in meine Richtung zu blinzeln. Den Kopf hebt und senkt er, die

Hände steckt er abwechselnd von den Hosen- in die Sakkotaschen. Nach zwei Stationen steht er ruckartig auf und schiebt sich an den stehenden Fahrgästen vorbei in die Mitte des Wagens. Hin zu mir. Erst denke ich, er will mir etwas sagen, aber dann verstehe ich, dass es nicht um mich geht, sondern um die braunhaarige Frau, die mit müden Augen neben mir steht. Es dauert eine Weile, doch dann ist er ihr nahe genug, tupft sich mit dem Taschentuch den Schweiß von der Stirn, nimmt all seinen Mut zusammen und spricht sie an. Ich verstehe nur wenig, er redet zu schnell und zu aufgeregt, ich höre nur »Meer« und »Abendessen« und »schöner Mund« und »Chance«. Beim ersten Wort zuckt sie zusammen, blinzelt kurz, schaut ihm für eine halbe Sekunde in die Augen und greift dann ruckartig zum Telefon wie zu einer Waffe. Von nun an starrt sie wie gebannt auf ihr Display, während der Mann verzweifelt versucht, sie zu einem weiteren Blick zu überreden. Aber sie hebt den Kopf nicht mehr, sondern tut angestrengt so, als ob sie jemand Wichtigem schriebe. Der Mann schaut ihr noch eine Weile beim Tippen zu, hoffnungsvoll erst, dann fragend und enttäuscht, schließlich zieht er sich in den hinteren Teil des Wagens zurück und holt wie zur Rache selbst das Telefon hervor, beginnt mit dem Zeigefinger wütend alles Mögliche wegzuwischen. Da fahren die beiden dann also miteinander weiter, im selben Waggon, in derselben Stunde, so als wäre gar nichts geschehen, als hätte ihre Begegnung nie stattgefunden. Und das Meer bleibt mit der Sonne allein, und der Tisch am Strand wird nicht rausgestellt.

Nach der Sprachschule, auf dem Weg zum Vittoriano, der vielgeschmähten »Schreibmaschine«, sehe ich einen Mann auf dem Boden liegen. Der Kopf ist hart auf den Bordstein geschlagen, die Glieder wirken seltsam gestreckt. Es ist heiß, sehr heiß, fünfundvierzig Grad im Schatten. Um ihn herum stehen Bier- und Schnapsflaschen, er atmet langsam, die Stirn ist von Scherben leicht aufgeritzt. Ich laufe vorbei, einmal, zweimal, dann spreche ich ihn an, knie mich nieder und halte mein Ohr an seinen Mund. Der Atem kommt, widerwillig zwar, aber er kommt zwischen den spröden Lippen hervor, nur wach will der Mann nicht werden. Im Supermarkt an der Ecke kaufe ich eine Flasche Wasser, ziehe den Trinker in den Schatten und lasse mich von touristischen Passanten loben für meine Tat: »Oh, thats very nice of you.« In einer nahegelegenen Apotheke bitte ich um medizinische Hilfe, überzeuge andere vom Ernst der Situation. Die Hitze, der Kreislauf, Lebensgefahr. Ein Krankenwagen wird gerufen, ein Ventilator geholt. Nachdem ich mich versichert habe, dass er in guten Händen ist, laufe ich weiter und lasse meine Freunde in aller Welt gleich von meiner guten Tat wissen, beschreibe den Vorgang, mein Einschreiten, die Courage – hundert erhobene Daumen.

Ein paar Tage später komme ich wieder an der Stelle vorbei und sehe schon von weitem meinen Mann geifernd über die Straße torkeln und einem wartenden Auto an die Scheibe schlagen. Wie ein von seinem Schüler enttäuschter Lehrer wende ich mich ab. Dass die Welt einfach nicht besser werden will, ist mir keinen Eintrag wert.

Abends mit meiner Tiber-Freundin im Ballett gewesen, in den Caracalla-Thermen, dort, wo Shelley seinen *Prometheus* geschrieben haben soll. Der Bus kam pünktlich, wir saßen mittig und hielten uns gekonnt die Hände, wie ein offiziell angemeldetes Liebespaar. *Romeo und Julia* – auf der Bühne sprangen und tanzten sie hin und her, machten Drehungen, fielen sich in die Arme. Nichts Eintönigeres für mich als ein klassisches Ballett, aber ich hatte gehofft, es würde dann leichter gehen. Und wirklich, später am Abend, oben in ihrer kleinen Küche in Testaccio, durfte ich sie auf den Nacken küssen. Sie zog ihren Pullover über den Kopf, und er verfing sich in ihrer silbernen Halskette. Dass ich die Hand auf ihre Augen legte, ließ sie geschehen. Aber als ich dann mein Hemd aufknöpfen wollte, um sie halbnackt an mich zu ziehen, wandte sie sich lächelnd ab, hin zum kleinen Fenster, und steckte sich eine Zigarette zwischen die Lippen. Nur ihr galt jetzt noch ihre Lust und ich musste beschämt nach den passenden Knopflöchern suchen.

Zwanzigster August, die Tage verschwinden.

VII.

OB ICH AN ETWAS GLAUBE, bin ich neulich gefragt worden. Das war auf einer Geburtstagsfeier in Grasberg, einem rüpeligen Vorort von Bremen, der stolz darauf ist, nicht Oldenburg oder Delmenhorst zu sein. Im Garten an den Ästen der Bäume hingen Lappen statt Lampions, in Petroleum getaucht loderten sie in der Nacht, und die Toilette war ein morsches Brett mit Loch über dem vorbeifließenden Bach. Ein dreiunddreißigster Geburtstag – zu Hause bei Freunden und Eltern. Die Mutter schrie irgendwann: »Stefan, halts Maul!«, und alle lachten hysterisch. Das war in etwa die Stimmungslage. Ich kannte keinen, nur Stefan, und auch den nur flüchtig. Richtig eingeladen war ich nicht. Jedenfalls nicht persönlich. Hatte nur gesehen, dass eine Veranstaltung in meiner Nähe interessant sei. Beziehungsweise dass sich ein paar andere dafür interessierten. Das reichte mir, um am Abend nicht wieder alleine sein zu müssen, mit mir und den Leuchtreklamen am Nachbarhaus.

In der S-Bahn tat ich so, als ob ich telefonieren würde. Mir gegenüber saß ein Mann mit Dackel auf dem Schoß und las den *Kicker*. Auf seiner Oberlippe sammelte sich

Schweiß, sammelte sich und tropfte dann mit einem Mal herunter. Direkt auf den Hinterkopf des Dackels. Aber der hielt stoisch den Kopf hin, zuckte nicht einmal, atmete nur langsam ein und aus.

Vom Bahnhof lief ich an einer Art Hauptstraße entlang, vorbei an Schlüsseldiensten, Waschsalons und Pizzalieferanten – den verlässlichsten Koordinaten jeder Kleinstadt –, bog an einer ampellosen Kreuzung links ab und hörte von weitem schon die dumpfen Bässe. Kurz zögerte ich noch, dann stand ich in Stefans Garten unter den lodernden Lappen. Schnell trank ich Bier wie all die anderen, obwohl ich es eigentlich verabscheue, seit mir als kleines Kind eine alte Oma mit Kühltasche direkt ins Gesicht gerülpst hat. Auf irgendeinem Spielplatz beugte sie sich zu mir herunter und packte meinen hilflosen Kopf mit ihren alten knittrigen Händen. Sie wollte mir wohl irgendetwas Herzerweichendes sagen, aber statt Herz kam nur Hefe aus ihrem Mund. Den ekelhaften Geruch habe ich heute noch in der Nase. Aber von Lagerfeuer und Nackentattoos lasse ich ihn hin und wieder vertreiben. Dass ich ein romantisches Verhältnis zu Formen hätte, hat mir neulich jemand gesagt. Und damit gemeint: Ich hänge zu sehr an alten Moden. Jedenfalls stand ich auf Stefans Party, steckte meinen kleinen Finger in den Bierflaschenhals und lachte mit über alte Erinnerungen. Sie gingen mich eigentlich nichts an, diese Geschichten, die Stefans ehemalige Schulfreunde zusammen mit einem sabbrigen Joint im Kreis rumreichten, aber da ich nun einmal hier war, konnte ich genauso gut so tun als ob. Als hätte auch ich eine Rolle in seinem Leben gespielt, irgendwann mit ihm einen Fahrradhelm auf die Gleise gelegt oder eine schmutzige Unterhose im Kaminfeuer verbrannt. Eine Zeitlang lachte ich mit, grölte manchmal sogar ein bisschen, dann setzte ich mich auf einen wackligen Plastikstuhl ans Feuer und wartete auf Gesellschaft.

Das Seltsame, vielleicht auch Wunderbare an einem Gespräch ist ja, dass sich dadurch immer gleich Nähe einstellt. Egal, ob man seit sechsundsechzig Jahren jeden Tag miteinander spricht oder jemand Fremdem nur eben im Vorübergehen zuruft, wo der Joghurt steht – immer wechselt man Worte miteinander. Immer öffnet sich derselbe Mund.

Nach etwa zehn Minuten setzte sich eine junge Frau zu mir ans Feuer. In ihren Augen spiegelte sich die Sehnsucht nach Prüfung und Bewertung. Sie begann sofort zu erzählen, ohne Vorspiel und Vorsicht, dass sie Künstlerin sei, Fotos mache und Installationen, zwei Mal schon ausgestellt habe in einer Berliner Bar. Wo sonst. Ein spöttisches Lächeln, ein paar kurze Ausflüge zu Beziehungsstatus, Serienvorlieben und den bevorstehenden Sommerferien und dann wie aus dem Nichts die Frage: Glaubst du an etwas?

Ein paar ihrer Freundinnen hatten sich dazugesetzt, um uns herum, wie ein Bannkreis, um das Gespräch am Laufen zu halten. Als wäre das eine Roulettekugel, die sich unaufhörlich dreht, bis zu dem einen Moment, wo – *rien ne va plus* – alles still wird und die Kugel versinkt. Sie schwiegen und hörten zu, fetteten sich dabei die Lippen oder dehnten die Unterschenkel. Aber als die Frage nach dem Glauben kam, pfiffen sie leise beim Ausatmen und hielten den Kopf schief. Und ich, den Atem der jungen Frauen im Rücken, habe gesagt: Nein, ich glaube nicht. An nichts und an niemanden. Ich bin kein Gläubiger. Ich gehe nicht in die Kirche. Ich bin ich. Brauche kein Dogma, kein schlechtes Gewissen. Meine Sünden vergebe ich mir selbst, und für die richtige Lebensführung orientiere ich mich lieber an Kant als an den Zehn Geboten. Gott ist tot. Freier Wille. Ein Hoch auf die Fakten. Ich sagte alles, was man so sagt, um in den Ohren anderer vernünftig zu klingen. Dann fing es an zu regnen, und alle liefen nach drinnen zu den Bässen und neuen Bierflaschen.

Es war ja auch alles gesagt. Einmal mehr hatten wir einander versichert, dass es nichts zu glauben gebe. Und also auch nichts zu fürchten. Jetzt konnte es weitergehen im Text. Fenster zu, T-Shirts aus, volle Pulle Leben. Und die betrunkene Mutter brüllte immer wieder dazwischen: »Halts Maul, Stefan.« Eine Weile habe ich noch getanzt, im Heizungskeller fremde Hände in meine Unterhose gezogen und neben dem DJ mit Leuchtstiften jongliert. Kurz nach zwei habe ich Stefan zu dreiunddreißig Jahren Gesundheit und Freiheit gratuliert. Dann bin ich zurück zur Bahnstation gelaufen. Auf dem Gehweg wich ich den großen Pfützen aus, in denen sich die Lichtkegel der Laternen spiegelten. Die Hauptstraße lag gelangweilt da. Wieder nichts geschehen, kein Unfall, kein Streit. Nur etwas Regen. Wenn man schon tagein, tagaus still daliegen muss, damit einen all die Laster und Kleinwagen ohne Beschwerde überfahren können, kann man doch wenigstens ein bisschen Unterhaltung verlangen. Muss ja nicht gleich ein Feuerwerk sein, schon ein röhrendes Reh oder eine Eisenstange aus dem Beifahrerfenster würden als Rahmenprogramm genügen. Doch nichts ist zu wenig. Auch ich ging schweigend über sie hinweg und stellte mir vor, dass die Ampel nur deshalb auf Grün umschalten würde, weil ich in Sicht kam.

Und jetzt, ein paar Wochen später, liege ich da, in meinem römischen Zimmer mit dem schmalen Bett, und kann nicht schlafen. Draußen stehen die Torwachen mit ihren Gewehren, und ich denke zurück an jenen Abend. Bin allein mit der Erinnerung und meinem flachen Atem. Stille herrscht – kein Brunnen plätschert mehr, nichts als gespannte Ruhe. So als wären die letzten Passagiere eines sinkenden Schiffs gerade von Bord gegangen. Nur ich bin noch da und bleibe zurück. Versuche mich vorzubereiten auf den Tod. Nicht meinen eigenen, sondern den meiner Eltern. Immer wieder stelle ich mir vor, wie es sein wird, davon zu erfahren. Sehr wahrscheinlich am Telefon, in das ich schon alles Mögliche hineingesprochen und herausgehört habe. Der Gedanke lässt mich nicht los, dass aus demselben Mund die liebevollsten Zärtlichkeiten und die ekelhaftesten Beschimpfungen herauskommen können. Eben noch mit dem Enkel innig über den bevorstehenden Sommerurlaub gesprochen, im nächsten Moment schon in mitleidlosem Ton einem Unternehmer die Insolvenz mitgeteilt. Mittags am Telefon honigsanft einen neuen Handyvertrag erklärt und am Abend bei der Demo

»Volksverräter« oder »Deutschland, verrecke« gebrüllt. Das ist doch nicht zu verstehen, dass das alles durch dieselbe Körperöffnung geht. Der Mund ist nur Medium – und eines Tages spricht er eben vom Tod.

Morgens klingelt das Telefon, eine fremde Stimme meldet sich, im Hintergrund geschäftige Geräusche aus dem Schwesternzimmer, noch im Halbschlaf dringt er in mein Ohr, dieser eine Halbsatz: »… muss ich Ihnen leider mitteilen, dass Ihre Mutter in der vergangenen Nacht verstorben ist.« Oder im Fitnessstudio abends, nach dem Training, auf dem Weg in die Dusche, eine Nachricht auf dem Display von Papas bestem Freund: »Es tut mir unendlich leid!«

Es gab diesen Werbefilm eines Supermarkts, vor einigen Jahren zu Weihnachten, da erfuhren drei Geschwister an unterschiedlichen Enden der Welt vom Tod ihres Vaters in der deutschen Provinz: Der eine, im Taxi mitten im Hongkonger Berufsverkehr, den silbernen Koffer noch auf dem Schoß, lässt den Kopf zur Seite sinken, der andere, Chefarzt in einer amerikanischen Privatklinik, drückt sich mit geschlossenen Augen gegen eine Kachelwand, die letzte kommt gerade mit den Kindern vom Spielplatz, als sie die Trauernachricht erreicht. Dann fliegen sie alle überstürzt nach Hause zur Beerdigung. Aber die findet nicht statt, denn der alte einsame Vater hat nur so getan als ob, den Tod nur simuliert, nur einen Weg gesucht, um seine in der Welt verstreuten Kinder noch einmal zusammenzubekommen für einen Abend, für ein Festessen (die Zutaten dazu gibt es natürlich im genannten Supermarkt). Am Ende sitzen sie lachend im Elternhaus zusammen, und draußen rieselt der Schnee. Der Tod war nur eine Täuschung. Das Leben siegt. Bis auf weiteres.

Ich habe mir das oft angeschaut. Habe mich immer wieder hineinversetzt in diesen Schicksalsmoment, der irgendwann unweigerlich kommen wird. Nein, er wird nicht kommen, sondern einfach da sein, unangekündigt und unverfroren. Wenn ich selbst irgendwo mittendrin bin, in einer Vorstandssitzung, beim Augenarzt oder in einem Hotelfahrstuhl. Das Telefon wird klingeln, und ich werde nicht abheben können, aber eine halbe Stunde später die Nachricht auf der Mailbox abhören. Was werde ich dann tun? Wohin laufen? Mit wem zuerst sprechen? Wer wird mir helfen? Wie kann ich mich vorbereiten? Auf den Schmerz, die Leere, die Tränen. Die vielen Anrufe von Freunden, die gutgemeinten Schulterklopfer und anteilnehmenden Gesichter. Die Blicke, die traurig aussehen sollen, aber in Wahrheit neugierig sind. »Wie wird er jetzt damit fertig?«, fragen sie sich. Und schreiben später eine SMS: »Jederzeit – wirklich!«

Ich fürchte mich vor dem Moment, in dem ich das erste Mal wieder in ihre Wohnung trete, um alles zu ordnen. Die Bücher, die Notizen, die letzten Zeichen ihres Daseins. Wie ich dorthin schaue, wo sie eben noch auf dem Sofa lag und die Beine aufs Fensterbrett legte, an ihrem Tisch saß mit gebeugtem Rücken, den Blick aus dem Fenster zum Baum gerichtet. Er steht noch da, der Baum, zittert leicht, aber sie, meine Mutter, ist fort. Für immer. Kehrt nie wieder zurück vom Kinobesuch. Spätvorstellung. Noch ein Cocktail in der Bar.

Der Raum, die Wohnung, in der sie eben noch war, eben noch lachte und mich beim Kopfstand hielt. Das Gartentor, das wir eben noch gemeinsam strichen, an dem er lehnte, als wäre es dazu gemacht. Abschiedswinken, so lange es ging, ich werde ihn immer dort stehen sehen. Mit liebendem Blick und gehobener Hand, den einen Fuß aus dem Schuh gezogen, in der Kniekehle, er freut sich schon jetzt so sehr auf das Wiedersehen. Wartet allein am Wohnzimmerfenster, hell erleuchtet in stürmischer Nacht.

Was passiert mit den Räumen, in denen die Eltern früher lebten, die noch ihre Spuren tragen? Es ist wie mit den Mündern – die Form bleibt dieselbe, aber der Inhalt wechselt. Auf den Treppenstufen hocken bald schon andere, die nichts mehr wissen von dem, der einmal an einem sonnigen Nachmittag hier saß und lachte. In der Mansarde lieben sich jetzt Fremde, dort, wo sie immer auf dem Bauch lag und las. Eigentlich unvorstellbar …

Ein alter Schulfreund von mir schreibt professionell über den Tod. In einer Zeitungsredaktion ist er zuständig für die Nachrufe. Wenn einer stirbt, der einmal wichtig war, muss er darüber schreiben. Manchmal hat er zwei Stunden, manchmal nur dreißig Minuten bis Belichtungsschluss. Souverän nimmt er Abschied von Menschen, die er persönlich gar nicht kannte, die ihm nur als Name etwas bedeuten. Er fasst ihr Leben zusammen, stellt ihren Rang heraus, würdigt ihre Karriere und Leistung. Ein paar schöne Formulierungen fallen ihm immer ein, und übertreiben darf er ja auch, denn wenn es um den Tod geht, sagt nie jemand: »Das ist mir zu pathetisch.«

Ich liege im Dunkeln und zähle mit den Fingern die Dinge auf, die dann zu tun sein werden: die Anzeigen und Trauerkarten entwerfen, den Grabschmuck bestellen, mit dem Pastor den Psalm bestimmen. Ich hoffe, dass der Tod weniger schmerzt, wenn man ihn vorbereitet, ihn schon einmal in eine Ordnung bringt. Doch eigentlich weiß ich: Er lässt sich nicht ordnen, passt nirgendwo dazwischen, in keinen Ablauf, keinen Tagesplan. Wenn er kommt, sprengt er alles in die Luft. Ohne Rücksicht auf Raum und Zeit.

So liege ich da, in den römischen Morgenstunden, und schaue alle fünf Minuten auf das Telefon. Habe plötzlich Angst, es könnte klingeln. Jetzt gleich. Und dann denke ich zurück an die Frage am Feuer: »Glaubst Du an etwas?« Und an meine Antwort: »Wer nicht glaubt, muss auch nichts fürchten.« Aber ich fürchte mich doch. Sehr sogar. Vor der Leere danach, dem Mitleid der Freunde. Davor, allein in der ersten Reihe zu stehen. Ohne Halt, ohne Stütze. Wie machen das andere? Weiterleben und in die Ferne schauen, ohne zusammenzustürzen. Ich fürchte mich. Aber, wenn ich mich fürchte, glaube ich dann nicht auch?

»Vielleicht« – das alte Zauberwort kommt mir in den Sinn. Ich denke an die Geschichte, die mir meine Tante einmal erzählte, als ich klein war. Wie ein Gelehrter zum Rabbi geht, um ihn und seinen rückständigen Glauben zu widerlegen. Der aufgeklärte Skeptiker beweist und argumentiert, führt vor und stellt Gleichungen auf. Der alte Rabbi hört aufmerksam zu, überlegt, wägt ab, und dann flüstert er leise: »Aber vielleicht ist es wahr.«

Was ist Glaube? Was ist Furcht? Wohin laufen, wovor fliehen? Älter werden, weitermachen. Wände streichen, Kinder kriegen, Tannen pflanzen, Lichter löschen. Nicht nur du selbst sein wollen, auch wünschen, es anders zu sehen. Tische decken, Blumen streuen, Gedichte lesen und am Feuer die Wahrheit sagen. Daran denken: Vergessen kommt nicht in Frage. Immer denken. Immer lachen. Immer leiden. Immer lernen. Am Fenster stehen und sich erinnern. Den Baum anschauen. Die Liebe leben. Nicht zu spät kommen. Zweifeln. Hoffen. Träumen. Und dabei denken: Vielleicht ist es wahr.

VIII.

HEUTE KURZ VOR BACHMANNS Wohnung gestanden, in der Via Bocca di Leone Nr. 60. Daran gedacht, wie oft sie dort schlaflos und irr vor dem Bett gesessen haben muss, die Tablettenpackungen vor sich aufgereiht, den Telefonhörer am Oberschenkel, und dann kein Weißwein mehr im Haus. Anrufe bei Freunden und Freundschaftsvortäuschern, mitten in der Nacht, drei, vier Uhr, sie ließ es läuten. Rom sei eine »selbstverständliche Stadt«, hat sie ernsthaft geschrieben, sie, deren Verständnis für andere oder gar für sich selbst kleinstmöglich war. Im Feuer gelegen hat sie anderswo, hier war sie nur bis 1971, aber die Funken kamen ihr schon gefährlich nahe, der Zweifel, den Schmerz je verwinden zu können, wuchs und wuchs.

So viele wohnten hier in der Gegend: Wagner, Wilhelm von Humboldt, Gregorovius, Ingres, Mann, Keats und Shelley natürlich, aber auch Andersen, Thorvaldsen, sogar der Sohn von Charlotte Buff, Goethes Vorbild für Lotte – für sie alle war Rom eine Welttatsache, eine logische Gleichung, ohne die nichts begriffen werden konnte. Auch das flüchtige Skandal-Ehepaar Browning wohnte in der Bachmannstraße, der Via Bocca di Leone.

Robert schrieb sich damals wie Keats schon den eigenen Gedenkspruch, der mindestens so schön ist wie das Wasserbild: *Aprendo il mio cuore / vi trovereste inciso Italia* – Beim Öffnen meines Herzens / fändet ihr Italien eingraviert.

So viele waren schon hier, haben im Grunde alles ausgefühlt, nichts bleibt mehr übrig für mich, alles ist bereits in anderen Herzen bewegt worden: Die Blicke über die Piazza, das Streichen über die Löwenköpfe, das Staunen am Treppenende. Aber die Brunnen sprudeln eben immer noch weiter. Die Sonne scheint immer noch durch die Kirchenfenster. Zum Verzweifeln, dass man nicht der Erste sein kann, der das sieht. Und doch sieht man ja all das längst Gesehene trotzdem zum ersten Mal. Die geheime Hoffnung bleibt: Hier bin ich einzig und allein gewesen.

Rom, deine Nähe ist heilsam. Krumm und verquer sitze ich zu Hause im Stuhl, schiebe mir Kissen und Bälle unter den Hintern, wärme das Steißbein mit Heizdecken und trinke Kamillentee. Aber aufrechter wird mein Gang dadurch nicht. Nur Rom stärkt mir den Rücken. Warum bin ich hier? Um zu schauen. Nichts auszulassen, alles wahrzunehmen. Rom erzieht zum vollkommenen Blick. Alles ist wichtig, alles ist schön. Der Auftrag lautet: Umfassende Katalogisierung der städtischen Empfindungen. Letzte Aufstellung der alten Spielfiguren.

Samstagabend ist alles ruhig in der Stadt, ein Feuerschlucker spielt auf der Piazza Colonna mit den Flammen, die meisten filmen kurz und spazieren dann weiter. Vor ihm sitzen die jungen Römer auf den Stufen, kiffen und pulen an ihren Tattoos, sie haben die Telefone und Geldbeutel lässig beiseitegelegt, lachen, spielen und brüsten sich mit erfundenen Heldentaten. Das Wasser in den Brunnen ist kühl, es kitzelt ein bisschen im Magen, so als wollte es schnell noch weitererzählen, wo es eben erst war, durch welche Schluchten und Kanäle es getaucht ist. Ganz Rom sei von einem Rattenvolk unterwandert, heißt es, in dem verzweigten Abwassersystem regierten die fettesten Tiere mit eiserner Hand. Nur, wenn der Tiber über die Ufer steigt und die Kanäle flutet, kommen die Ratten nach oben und hocken müde blinzelnd auf den Balustraden. Sie wissen: Dieses Schiff sinkt nie. Auch wenn in Shanghai und im Silicon Valley längst wieder der Staub über die Rechnern liegt, hier wird das Wasser weiter fließen. Werden die Daten gesichert sein.

Ende August. Viel geschieht jetzt nicht mehr in Rom, die Restaurants schließen, die Ampeln fallen aus, und eine Touristengruppe nach der anderen rollt die Spanische Treppe herunter. Ein Amerikaner steckt gedankenverloren seinen verschwitzten Fuß in das Brunnenwasser, und schon eilen zwei Carabinieri in schwarzen Lederstiefeln herbei und weisen den Missetäter vor aller Augen zurecht. Eine letzte Ahnung von Schandpfahl und Prangerlust schwingt mit in ihrem Verhalten – statt mit einer Geldbuße wollen sie ihn öffentlich demütigen. Vor seinen Kindern wird er angeschrien, was ihm einfiele, ob er denn nicht Piero della Francescas Bild von der *città ideale* kenne. Wenn es nach ihm ginge, dürfte hier niemand einen Schritt tun ohne Kenntnis von diesem Ideal architektonischer Klarheit, ruft der eine Polizist und redet sich in Rage. Sein Kollege nimmt ihn beiseite, aber er brüllt dem Amerikaner immer wieder ins Gesicht: »*della Francesca!*«, »*città ideale!*«, »*capisci!*«

Auf einer Bank nicht weit entfernt sitzt ein junger Musicalsänger und telefoniert mit seinem Ehemann. Menschen wirken in Rom beim Telefonieren immer so wach und konzentriert, blicken mit großer Intensität ins Leere. Vor dem berühmten inneren Auge entstehen scheinbar die farbigsten Bilder, das schönste inwendige Sehen. Menschen, die in Rom telefonieren, zwinkern viel mit den Augen, so als ob sie damit das Bild umreißen, die richtigen Maße und Dimensionen des Gehörten angeben wollten. Zu den Blicken kommen die Gesten: Kein Satz, weder ein gehörter noch ein gesagter, darf ohne Handbewegung bleiben. Alles wird umkreist, verächtlich abgewunken oder leidenschaftlich weggegrüßt. Das Telefonieren, eigentlich ein intimer Akt zwischen zweien, wird so zum kollektiven Erlebnis. In das, was dem anderen Geheimnis bleiben soll, sind längst schon Dutzende eingeweiht: »Ich bin gerade in Hamburg«, sagt er, und seine Nachbarn denken: »Als ob! Du bist in Rom, du Lurch, und zwar nicht alleine.«

Römische Tage. Jenseits aller Wirklichkeit. Dem Gegenteil verschrieben. Nur, um später zu wissen, dass man jetzt auch hier sein könnte und nicht zwischen Fulda und Kassel im überfüllten Bordbistro. Mit Halstabletten, abgeschlossener Reiserücktrittsversicherung und gebrochenem Zeh. An Rom immer nur zu denken, ist, wie eine Geliebte im Süden zu haben, zu der der Weg zu weit ist, ist, wie nachts für alle Fälle das Licht im Bad anzulassen oder Streichhölzer zu werfen in den nassen Schnee.

Hier sein. Hier sein. Nur hier sein und hier bleiben.

Mussolinis Vorstellung war ja, dass man die Vergangenheit in die Zukunft strecken könnte wie einen verlängerten Kaffee. Die Macht der Geschichte, meinte er, sei einfach so übertragbar. Deswegen ließ er Anfang der 1930er Jahre das römische Forum umräumen und die Via dell'Impero so anlegen, dass sich eine Sichtachse zwischen dem Balkon seines Regierungspalastes und dem Kolosseum bildete. Aber sosehr wir uns die Antike auch heranholen wollen, sie wird uns nicht näher kommen. Sie bleibt uns fern, das nächste Fremde, wie die Kenner sagen.

Der größte Feind der Vergangenheit ist die Nostalgie. Das bloße Schwelgen in früheren Zeiten. Stattdessen muss es darum gehen, die Vergangenheit als Gegeninstanz ernst zu nehmen und gerade daraus Kraft zu schöpfen. Auch wenn Maschinen und Skulpturen sich zueinander verhalten wie unterschiedliche Pole, es gibt eine Anziehung zwischen ihnen. Keine Erfindung ohne Erinnerung, der alte Satz gilt, und das Versprechen lautet: Nichts, was wir sind, denken und träumen, gehört uns allein.

So auch nicht Rom, das ja schon vorne drinsteckt

im Romantischen, obwohl die Romantiker selbst sich hochmütig abwandten von der antiken Zeit, ihre Vorbilder eher im Mittelalter suchten. Und doch sehe ich hier ihren eigentlichen Ursprung, ist Romantik für mich ein Diminutiv von Rom. Beide verbindet der Drang zum Universalen, zum Phantasma der erlebten Unendlichkeit. Nie sich klein machen, um auch den Kleinen zu genügen, sondern groß sein und oben bleiben. Dem Niedrigen einen hohen Sinn geben und das Stadion fluten für einen einzigen Gedichtvortrag! Mit Byron feststellen: »Der Baum der Erkenntnis wurde geplündert – alles ist bekannt.« Und dann sagen: »Aber das Wichtigste haben wir wieder vergessen – das Wunder, den Hoffnungsschimmer, die Frage nach dem Tod.«

Was für eine Vorstellung: dass Kunst einzige Wahrheit sein könnte. Nur sie uns den Geist der Zeit einfangen und in ihrer Umarmung jung halten darf. Vielleicht kann dieser Glaube wirklich nur in Rom gelingen, in dieser Stadt, in solchen Tagen.

Zwei Jahre überlebte Schlegels Zeitschrift *Europa*, von 1803 bis 1805. In einer der letzten Ausgaben hieß es, dass nur noch der Orient eine wirklich religiöse Kraft besitze. In jedem Romantiker pocht neben der Angst vor dem Transzendenzverrat auch die Sehnsucht nach der Fremde. Nicht im Sinne einer Identifikation, sondern einer neugierigen Gegenüberstellung von da und dort, ehemals und heute. *Ich war hier zuvor* wäre somit der einzig ehrliche romantische Satz. Alles Leben würde dann bestimmt von dem Gefühl, nicht etwas Neues zu entdecken, sondern sich an etwas zu erinnern, das man nur kurz vergessen hat. Reine Kenntnis interessiert nicht mehr, das Kennenlernen ist viel wichtiger. Das Anreden, dieser Blick in fremde Augen, abends, in einem Café. Hinten spielen die Kellner Karten, an der Bar warten die Trinker auf ihren nächsten Schluck, und ich sitze dort und schaue sie an, spiegele mich in ihren Augen. Das Tiber-Mädchen beim Gehen.

Das ist ja das Unglaubliche, dass uns das Fremde eben am nächsten sein kann.

IX.

EINE OPEN-AIR-PARTY in den Ruinen eines antiken Stadions, dort, wo früher schmerzverzerrte Gladiatorenmünder auf Gnade hofften. An der Südwand ist ein DJ-Pult aufgebaut, davor hat man eine Ladung Sand ausgeschüttet. Die Römerinnen kommen in Badekleidern und mit Sonnenhüten und ziehen sich nach dem ersten Spritz die Schuhe aus. Familien mit Kleinkindern, Hipster, graumelierte Herren im Anzug, alle hüpfen wild durcheinander und schieben ihre Schultern vor und zurück. Überall herrscht eine Selbstverständlichkeit der Selbstdarstellung. Nirgendwo ist Scheu, nirgendwo ist Unbehagen, alles tanzt, lacht, macht mit. Gespielt wird vor allem Techno, aber hier und da zum Ausgleich auch eine Opernarie – *una furtiva lacrima* –, und hoch oben an der vergessenen Steinmauer blinkt eine Lichterkette.

Alle fünfzehn Minuten greift ein Conférencier mit Hosenträgern nach dem Mikrofon und verkündet, wie viel Zeit bis zum Ende der Party bleibt. »Noch fünfzig Minuten«, brüllt er und: »Sprich sie an: Jetzt oder nie.« Immer wieder wird die Musik für diesen Countdown unterbrochen, und wenn es gerade keinen neuen Zeitverfall anzusagen gibt, schwärmt der Conférencier von seinem Lieblingscocktail an der Bar oder erklärt das Fluchtwegesystem. Eigentlich ist die Musik nur ein Hintergrund für seine Ansagen und der DJ sein Assistent, der pflichtschuldig die Regler dimmt.

Die Römer nehmen es hin, lassen sich vom Selbstdarsteller auf der Tribüne nicht stören, sondern beginnen eine Polonaise durch die dunkle Arena. Vor mir tänzelt eine ältere Dame mit eckigen Schultern, die ihren fast kahlen Kopf so ausgelassen vor- und zurückwirft, dass er mehrmals gegen mein Kinn stößt. Hinter mir ist ein kleiner Junge, der nicht an meine Schultern herankommt und sich stattdessen an meinem Gürtel festklammert. Wir kommen an Absperrgittern und Ausgrabungsversuchen vorbei – wahrscheinlich ist im entscheidenden Moment wieder die städtische Finanzierung ausgegangen –, laufen quer über das grasbewachsene Spielfeld. Hinter einem Säulensockel an der Westseite überraschen wir ein Liebespaar. Er hat sich die Hose zu den Knöcheln heruntergezogen und das untere Teil seines T-Shirts im Mund. Sie sitzt auf ihm, hat sich die Haare mit einem Bleistift zusammengesteckt – einmal hier zwischen den alten Ruinen miteinander schlafen, hier, wo das Blut so vieler Tiere, Gladiatoren und Märtyrer geflossen ist, das hatten sie sich schon lange vorgenommen. Bei ihren Besuchen bei Tageslicht waren sie nicht über eine kurze intime Berührung oder einen kleinen Nackenbiss hinweggekommen, immer hatte es zu viele Menschen und doch noch eine versteckte Kamera gegeben. Aber jetzt, an diesem Abend, war endlich der Weg frei: die Kinder bei der Großmutter, der Familienurlaub hinter sich gebracht, das Essen vorzüglich, der Reizdarm erholt. Mit einem Gimlet in der Hand waren sie unbemerkt von der Tanzfläche geschlichen – sie hatte ihn auf die gegenüberliegende Seite gezogen, dorthin, wo die Leuchtkette kein reflektierendes Licht mehr hinwarf, mit einiger Anstrengung waren sie über eine Mauer geklettert, weil sie nicht gesehen hatten, dass sie bequem rechts und links hätten vorbeigehen können, dann also den Sockel ohne Säule gefunden, etwas klein, aber trotzdem hoch genug, dahinter weicher Boden mit Farnkraut. »Hier«, hatten sie fast gleichzeitig gesagt und aufgeregt ihre Gläser vor die vergilbte Inschrift gestellt: *Das Gesetz des ewig Schönen.* Ein bisschen hatten sie herumprobiert, denn ihr waren zu viele Ameisen am Boden und er konnte sie wegen einer Schleimbeutelentzündung nicht heben, am Ende dann also *die verirrte Reiterin.* Und dann kamen wir, von den Bässen verborgen und viel zu plötzlich, als dass die beiden eine Chance auf Rückzug gehabt hätten.

Johlend paradiert die Polonaise jetzt an ihnen vorbei, feuert sie an und lässt ihre Telefonkameras blitzen. Die beiden überschlagen ihre Chancen, flüstern einander kurz zu und machen dann zur allgemeinen Überraschung einfach weiter, jetzt, wo sowieso alle alles wissen, wäre ein überstürzter Abgang nur ein weiterer Erfolg für die Gaffer, sagen sie sich und strecken die Beine wieder aus. Langsam setzt die Karawane sich wieder in Gang, aber nicht wenige scheren jetzt aus, legen sich in die Nähe und beginnen sich unter die Kleidung zu fassen. Drüben auf der Tribüne sagt der Conférencier wieder den Stand der Zeit an, aber hier antwortet man darauf nur noch mit leisem Keuchen und schrillem Gelächter.

Ausführliche Unterhaltung mit einer Schildkröte in Hadrians Villa. Sie liegt mit ausgestreckten Armen und Beinen am Rand des Canopos, eines rechteckigen Wasserbeckens, an dessen Kopfende der schwule Kaiser Bankette gab, von denen sich manche seiner Gäste nie mehr erholten. Das Wasser darin war immer schon ruhig, lag ausgestreckt in seinem Becken, während ein sanfter Wind über seine Oberfläche strich, wie eine Hand, die einem zärtlich über den Hinterkopf fährt. Die Kröte liegt auf dem Bauch und streckt ihren langen Hals in die Sonne, die Hitze flirrt über das verlassene Kaiserland, und ich setze mich zu ihr, ziehe die Beine an die Brust und schaue aufs Wasser, versuche die ruhige Schönheit des Ortes zu fassen: Das Becken, die leicht wippenden Bäume, die ausgegrabenen Statuen am Rand, die Kröte, das Wasser. Das Wasser vor allem: Es ist ideal, weil eben fassbar und doch ständig gleitend. Die äußere Rahmung ist von dem Becken gesetzt, doch das Innenleben ist frei. Wie es sich verhält, welche Bekanntschaften es macht, kann niemand verfügen.

Die Schildkröte sagt wenig, hört zu, wägt ab, und manchmal läuft ein Zucken über ihre geschlossenen Augenlider. Dann kämpft sie mit einem Traum, der sie hinabziehen will. Aber sie weiß sich zu benehmen, schläft nie ganz ein, sondern hört mir zu und gibt sogar hier und da Widerworte. Zu sehr idealisieren solle man dieses Becken nun auch nicht, flüstert sie, es tauge ganz und gar nicht als Metapher für eine bessere Gesellschaft. Ein angemessenes Habitat sei das, nichts weiter, auch nicht wirklich generationsübergreifend, wie es in den Prospekten immer heiße. Die jungen Schildkröten würden sich für gewöhnlich schnell verabschieden, weil ihnen das Leben hier zu langweilig sei. Keine Rutschen, kein LSD und auch keine Kongressmöglichkeiten. Auch an den antiken Überresten seien heute nur die wenigsten ihrer Urenkel interessiert, sagt die Kröte. Dabei gebe es eine Menge zu entdecken. Sie kenne zum Beispiel noch Steine, die der Kaiser gesehen habe. Auf einen habe er sich sogar gesetzt.

Con calma führt sie mich weg vom Becken, an den Pinien vorbei einen Hügel hinauf. Ich folge ihr leise, damit mein Tritt sie nicht erschreckt. Zwischendurch bläst sie immer wieder schnaubend Luft durch ihre alte Nase. In einer toten Baumwurzel zeigt sie mir ein Häuflein funkelnder Mosaike und summt dabei ein kaisertreues Lied. Später trinken wir eine Ingwer-Limonade und stellen zusammen die Zeit in Frage – ginge die Sonne nicht langsamer unter, wenn man mit sechshundert statt sechzig Sekunden pro Minute rechnete? Was wäre nicht alles heilbar, wenn das Gras ohne Warum wehen würde.

Bin aufgestanden im Überfluss – weiße Wände, Bücherregal, Handcreme auf dem Nachttisch. Lange im Bett gelegen, Bilder angeschaut, Melone gegessen und mir Goethe im Schlafanzug vorgestellt. Beim Kaffee noch einmal an den Straßenhändler gedacht, der nicht sagen wollte, wo er schläft. Nach einigem Überlegen doch noch zum Bahnhof Tiburtina gefahren, weil ich gehört hatte, dass dort ein Lager für Flüchtlinge sei. *Baobab* heißt es angeblich, übersetzt: Affenbrotbaum.

»Wir sind nicht das Problem, wir sind Euer Spiegel« steht auf einer Pappe am umzäunten Eingang, daneben drei Einkaufswagen voller Abfall. Der Weg zu den Zelten ist schlammig, rechts hinterm Zaun versuchen zwei junge Däninnen in kurzer Hose, das Gehäuse für eine Außendusche zu bauen. Sie haben wetterfeste Planen besorgt, mit denen sie den kleinen Holzverschlag gegen Blicke von außen schützen wollen. Um sie herum stehen ein paar Männer und schauen den beiden freiwilligen Hilfskräften amüsiert zu. Hin und wieder legt einer mit Hand an, hält den Hammer oder misst etwas aus.

Drinnen im Lager sticht mir der Geruch von verbranntem Plastik in die Nase. Zwischen flatternden Planen lodern kleine Feuer, Holz wird zusammengesucht, Hände werden um Flammen gelegt, um sie vor Wind zu schützen. Ein junger Mann wäscht sich in einem Eimer Spülwasser die Füße, fährt mit dem Zeigefinger immer wieder zwischen seine Zehen und schrubbt dann mit einem zusammengeknülten Papierklumpen seine Unterschenkel. Ich laufe an den Zelten entlang, blicke in leere Gesichter, von innen entzündet, keine Regung dringt nach außen. In einem Zelt hocken acht junge Männer dicht beieinander, der jüngste hat das

Gesicht auf den Rücken seines Nachbarn gelegt. Als ich vorbeigehe, schrickt er hoch, mustert mich aus kleinen Augen.

Die Männer, die mir auf dem kleinen Pfad zwischen den Zelten begegnen, grüßen kurz und zu freundlich, als wäre es ihnen so befohlen. Sie haben ihnen wohl aufgetragen, den Besuchern zu begegnen wie Soldaten ihren Vorgesetzten. Und so sehe ich schon von weitem einen Mann die Hand heben, steigt ein Kind von seinem Dreirad ab und ruft immer wieder: »*Ciao*«.

An einer Regentonne lasse ich mir von einem blinden Mann seine Verletzungen zeigen, er führt meine Hand an seinen Bauch, lässt mich drei lange Messerschnitte fühlen in schuppigem Fleisch. Ein kleines Mädchen läuft in alte Arme, auf dem schlammigen Boden liegen leere SIM-Kartenhalterungen, Efeu wächst an der Rückwand einer verfallenen Kaserne. Ein Gewitter zieht auf, Zeltplanen flattern, ein Plastikteller rutscht über den Tisch, und auf dem Rücken eines Helfers steht *Palästina*. Irgendwo rauscht ein Radio und stößt Klänge aus ferner Heimat aus. Die dänischen Helferinnen begegnen mir mit skeptischem Blick, als wollten sie das Unglück für sich alleine haben.

Ich laufe zurück zum Bahnhof. Die Straße, die zum Lager führt, ist nach Altiero Spinelli benannt. Während des Zweiten Weltkrieges schrieb er ein Manifest, das im Egoismus der Einzelnen den größten Schaden für alle voraussah: »Zur Sicherung des gemeinsamen Interesses muss ein geeigneter Apparat vorhanden sein, der die Verwirklichung dieses Interesses durchzusetzen in der

Lage ist. Wenn dieser Apparat fehlt, wenn die vorhandenen Einrichtungen ausschließlich zur Vertretung von Einzelinteressen geeignet sind, dann müssen die Dinge offenbar unausweichlich einen Lauf nehmen, bei dem jeder für seine eigenen Interessen sorgt, unbekümmert um den Schaden, den er anderen zufügt; hieraus entstehen dann Reibungen und Spannungen, die schließlich nicht mehr anders zu lösen sind als durch Gewalt.«

In der Bahnhofshalle von Tiburtina steht ein Klavier zur freien Verfügung. Eine Wirtschaftskanzlei hat es dort hingestellt, damit die Pendler ihre Lieblingsmelodien vorführen können. Sie spielen Schubert und Haydn, Elton John und Carla Bruni, recken den Kopf in die Höhe, schließen die Augen. Ihren Rollkoffer haben sie dicht bei sich abgestellt, den Kaffeebecher zwischen die Knie geklemmt. Wenn aus dem Lautsprecher ihr Zug angesagt wird, springen sie hastig auf und laufen davon, dann setzt sich ein anderer an ihre Stelle und spielt *Für Elise.*

Heute durch die Porta del Popolo gelaufen und nicht daran gedacht. Einfach durch sie hindurchgeschlendert und nichts gefühlt. Kein Hoheitsempfinden, keine Ganzheitssehnsucht. Das alte Leben greift wieder nach mir. Wiederholung, Wiederholung. Alles nur Wiederholung. Ich rede und schaue herum und weiß doch nicht, was es bedeuten soll – dieses Rom. Ich laufe und fühle mich laufend anders, bestimmter, geordneter, weniger anfällig. Nachts um halb drei, wenn ich zurück auf den Corso komme, werfen die abgelösten Wachsolda-

ten ihre Maschinengewehre in den Kofferraum und rei-
ßen sich die kugelsicheren Westen vom Leib.

Heißt Treue zu einer nicht immer auch Verachtung
für andere? *Roma aeterna:* Es gibt keine Stadt neben
dieser, keine Sätze, die hier gelten und anderswo auch.
Kapitulation vor dem Re! Die entscheidende Frage war
doch immer schon und wird lange noch bleiben: Wozu?
Wozu all die Träume? Wozu all das Schauen? Der Ast
am Tiber, die alte Kurientür, die Forscher mit dem Rücken, Clownsgesichter im Fackelschein und die Angst
der Klassiker, nie modern gewesen zu sein. Mein Herzschlag, zerschossene Straßenschilder, Risse im sakralen Raum. Keine Inschrift am Fensterbrett, dazu noch
tropfende Klimaanlagen, flatternde Zeltplanen und
»Tanti auguri« im großen Saal. Die Kröte, das Zeichen,
der sechste Zeh. Warme Treppenstufen, flackernde
Glühbirnen auf den Gängen, die Hand vor der Nase des
Lügners, der harsche Griff zum Zapfhahn. Flammen von
ferne, wehende Kleider in Weiß und Kinderfotos hinter der Sonnenblende. Spitze Finger, falsche Bilder, viel
Schweiß. Kleine Sprünge zur Seite, beleidigte Löwen,
der Duce, die Götter, die Ratten auf See. Morante, Maria,
Memoria. Kalkutta im Pizzateig, Rosenkränze im Gestrüpp, Passagenwerke, Todestraum. Ameisen im Parlament und auf den Palmen, Stimmen durchs Megafon,
messingbesetzte Abzugshauben, hier, wo alles beginnt.
Crisi totale, Scheintote in brüllender Hitze – jederzeit,
wirklich! –, ein Glatzkopf im Beichtstuhl, Luise ohne
Strümpfe, leere Tische an der See. Tätowierte Kreuze,
geöffnete Herzen, verirrte Reiter.

Wie soll man das alles ordnen? Wie verstehen, dass nur die Ausblicke bleiben, die Steine, das Wasser und der Wind. Was würde ein wirkliches Leben in dieser Stadt bedeuten? *Roma, mi fido in te*, ich vertraue dir, sag nur ein Wort, ein einziges Wort, dann kündige ich alles, bau dir ein Riesenrad und lasse die Krokodile Saltos schlagen.

Erster September. Gewitterstürme, Starkregen. Die Menschen stehen vor verschlossenen Türen und ziehen sich kreischend die Schuhe aus, rennen barfuß durch die schmutzigen Lachen, die sich schnell auf den Straßen bilden, weil die Kanalisation nicht funktioniert. Abends ist die Stadt dunkel und leer, als hätte jemand den Strom abgestellt. Auf dem Kapitol steht man allein vor dem Philosophenkaiser, nur eine Möwe pickt geruhsam Löcher in die Mülltüten. An der Piazza Navona ist eine Frau in ihrem Rollstuhl eingeschlafen, der Kopf ist ihr vornübergefallen, die Beine sind seitlich vom Trittbrett geknickt. Auf dem Campo de' Fiori ringen zwei Küchengehilfen vor einem Müllberg miteinander und schnalzen dabei.

Der letzte Abend, die letzte Nacht: Die Luft ist zum ersten Mal seit Wochen kühl, durch die Stille am Forum dringt hier und da noch ein chinesischer Schrei, ein amerikanischer Quietschlaut – sonst herrscht Ruhe. Die Steine erholen sich, machen sich frisch für das nächste Blitzlichtgewitter.

Die letzte Runde auf dem Pincio, an den Dichterköpfen vorbei. Hinten beim Fahrradverleiher spielen sie

Schach auf einem verwitterten Bodenfeld im Scheinwerferlicht. Alt gegen Jung, umgeben von neugierigen Zuschauern und müden Kennern, die sich das Abwinken zur Gewohnheit gemacht haben. Raimund heißt der schweigende Alte, der mit den Händen in den Hosentaschen gegen die Plastikfiguren tritt und seine Zweifel am eigenen Zug hinter einer dunklen Sonnenbrille versteckt. Der Junge ist schneller und sicherer, er schaut kurz und versteht gleich, zieht seine Königin vor und die Bauern zurück, raucht und trinkt Bier dabei. Hin und wieder lächelt er freundlich und wechselt ein Wort mit den Alten am Spielfeldrand. Er spielt hastig und risikoreich und bringt Raimund schnell in Bedrängnis. Ein paarmal rettet der sich noch hinter seine Türme, aber dann droht das Ende. Schnell zieht der Alte seine linke Hand aus der Tasche und macht eine Bewegung wie schneidende Messer von links nach rechts – das gilt als Aufgabe.

Abschied. Die letzten Blicke aus meinem römischen Zimmer. Zwei Monate war ich hier, jetzt kann die Welt kommen. Das Geschehen wieder über mich hereinbrechen. Geburtstage schrecken mich nicht mehr. Mit Rom im Bewusstsein kann es gutgehen. Diesem Leoparden – vom Wolf sprechen nur die Getäuschten –, der auf der Treppe zum Paradies liegt, den Erzengeln zu Füßen. Wer sich mit ihm anfreundet, hat eine Chance auf Glück.

Ich habe in Rom gelebt. Mich angelehnt an die warmen Steine. Ich weiß, auch all die anderen haben immer schon von Rom geträumt und gedacht, sie wären die Ersten. Zur Treue ist diese Stadt nicht begabt, sie lässt sich von jedem lieben, der an sie denkt. Und doch könnte ich schwören, ich wäre der Erste gewesen, den sie so angeschaut hat, dessen Blick sie auf diese Weise erwiderte.

Draußen bricht ein Gewitter los, der Regen stürzt auf die Straße, Koffer und Taschen springen im Sturm. Sie will mich noch nicht gehen lassen, wie gestern am Tiber, am heißen Nachmittag. Sie stand über die Autotür gelehnt, hatte den Kopf nach vorne gebeugt zu mir. Ich wollte sie küssen, aber sie zog mich nur sanft am Ohr. Strich mir über die Oberlippe und hielt mir die Haare hinten am Kopf zusammen. »Bleib hier«, sagte sie, »dann küss ich dich immer.« Aber ich musste fort. Um mich wieder zu sehnen. Nach dem Licht, dem Rauschen, dem innigen Glück.

Wittgenstein schreibt in einem Brief: »Unser Leben ist wie ein Traum. In den besseren Stunden erwachen wir so weit von ihm, dass wir entdecken, dass wir träumen.« Ich habe die Zeichen an der Wand gesehen. Davor lag ein Katalog, weit aufgeschlagen, er wartet auf meinen Eintrag. Denn morgen, morgen oder spätestens übermorgen werde ich zurückkommen und frei sein. Und endlich wieder frei sein.